周瑟瑟 詩集

屈原哭、了

周瑟瑟，〈栗山禪意圖〉（水墨）

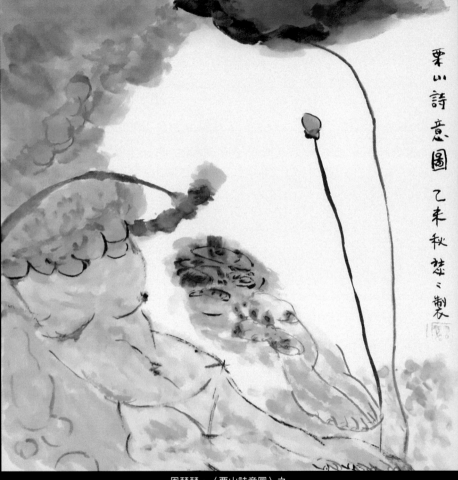

栗山詩意圖 乙未秋 瑟瑟制衣

周瑟瑟，〈栗山詩意圖〉之一

栗山詩意圖 乙未翠翠製

周瑟瑟，〈栗山詩意圖〉之二

自序

繁體的屈原

我少年時代就在臺灣的《創世紀》、《葡萄園》、《秋水》等詩歌同仁刊物，以及臺灣《聯合報》等報刊發表詩歌、詩歌評論與散文，與臺灣詩人洛夫、瘂弦、文曉村、塗靜怡、侯吉諒通信多年，收到過他們寄贈的詩集與刊物。後來還與洛夫、瘂弦、侯吉諒、鄭愁予、羅門等臺灣詩人在北京見過面，與臺灣年輕詩人交往更多。

上世紀八十年代末九十年代初，我與高巍、丘華棟還一起編寫過一部《世界華文詩歌鑒賞大辭典》，收錄的全是臺港澳和海外華文詩人的作品。

可以說我的上世紀八九十年代，與臺灣詩人的交流是頻繁的。那是屬我的詩歌青春時代，寫信、寄信與讀信是日常生活的一部分。詩人與詩人之間的交往完全出於純粹的友情，不管你是多大的詩人，也不管你是多麼年輕的詩人，通過詩都可以跨越時空交往。

我與臺灣詩人的通信，閱讀臺灣的詩歌刊物與詩集，首先要適應繁體字。「繁體字詩歌」是我對臺灣詩歌的稱呼，但對於我並沒有什麼困難，因為在更小的時候，我就讀繁體字版本的《紅樓夢》、《唐詩三百首》，那時家裡也有繁體字版的其它書籍。

前幾年我還拍攝過百集人文紀錄片《館藏故事》，其中涉及到了大量的古籍善本，並且在中國國家圖書館古籍館裡辦公了幾年，對於古籍善本更加喜愛。

繁體字在我的生命中彷彿古老的光，它一直在那裡，從沒有熄滅過，它伴隨了我的詩歌青春時代，以古老的容顏啟蒙了我的詩歌寫作。繁體字是文明的一個源頭，是文明的來處。

《屈原哭了》在臺灣以繁體字出版，這是我四十多年的文學寫作

的一次特別有意義的出版。在臺灣工作的詩人楊小濱兄,感謝他的熱心推薦。感謝秀威資訊公司的鄭伊庭、石書豪、廖啟佑等多位編輯同仁的辛勤付出。有一年北京圖書訂貨會,我還專程到會場去找秀威資訊公司的展位。

我喜歡繁體字詩歌由來已久,現在自己的詩歌以繁體字的形式出版,我倍加珍惜。當我拿到《屈原哭了》這部詩集的那一刻,我會想起少年時撫摸臺灣詩集時興奮的感覺。

《屈原哭了》以繁體字形式出版再恰當不過了,屈原就應該是繁體字的屈原,他活在繁體字裡。

我曾在拉丁美洲多個國際詩歌節上哼唱過屈原的〈山鬼〉,我以哼文的形式哼唱家鄉的古語時,感覺到屈原的靈魂又回來了。像汨羅江邊的招魂,像父親為死去的鄉鄰作悼詞。我模仿的是小時候我記住的父親為死去的鄉鄰作悼詞時哼唱的腔調。但要復活父親當時的悲戚是很難了,如果父親還活著,我還可以要他重新哼唱給我聽,可是父親離開我九年了。

我到屈原投河的河泊潭尋訪過他的遺迹。當地上了年紀的村民告訴我,夏夜月光下看到過屈原的幽靈,一襲白袍飄飄,屈原在水上走。

我聽著村民的講述,彷彿回到了故鄉夏夜的月光下,我好像也看到了屈原白衣袍飄飄從河泊潭清澈的水面上走過,我的心一陣發麻。這樣夢境似的經歷,在我小時候的汨羅江流域時有發生,對於我來說並不奇怪,但說到屈原的幽靈,還是給我帶來暗暗的驚喜。

屈原在我的詩裡,已經從那個歷史的屈原化身為我的親人,他是我死去的父親,或者家族中的男性長者。他們都有一張枯瘦的長臉,身形也是枯瘦的,有著沉默的行色匆匆的神態。我在四十年的寫作生涯中,寫過很多次屈原,他總是以不同的方式出現在我的詩裡,像我的父親或長輩,給我情感的教誨與詩的啟蒙。

這次屈原以繁體字的面目,以最接近他的方式來到了我的生活中。感謝臺灣秀威公司出版這部詩集,感謝繁體字,是繁體字讓我重

回河泊潭的夏夜，是繁體字讓我再一次與白袍飄飄的屈原的幽靈在故
鄉的河流上相遇。

2023年6月26日於深圳福田口岸

CONTENTS

第3輯　咕咕

第4輯　老虎背著陰沉木

第5輯　向杜甫致敬

愛是慈悲

第 **1** 輯

父親的靈魂

1

北京飄雪，我突然想起故鄉的池塘
在冬日暖陽下發亮，父親離世後
留下幾隻雞鴨在池塘的青石跳板上昏昏欲睡
其中那隻雞冠通紅的是可憐的我

2

飛機還在湖南境內的天空飛行
我孤身一人回北京，機窗外白雲的形狀
像我的亡父，沉默而輕盈，緊緊跟隨我
──那片刻，我成了一個悲欣交集的人

3

我憐愛松樹瘦小的枝條，像父親最後的身體
桔黃的夕陽塗抹了全身，池塘是萬物的鏡子
照亮了栗山上每一棵松樹，也照亮了衰老的
母親，再美的風景終將逝去，松果滾落池塘

4

我回故鄉的那個雨夜，兩隻狗崽在院子鐵門外
嗷嗷哭叫，「哪來的呀？凍得快要死了」

父親那時還沒有發現癌症，他起床把狗崽抱進了屋
半年時間很快過去，小狗伏在父親的棺前陪我守靈

5

父親離世前半年，他租了一台推土機
在後山為自己推出了一塊墓地，茂密的樹林
黃土腥黃，天空碧藍，記得那天我從北京回來陪父親看墓地
鳥雀在新鮮的墓地飛舞，人生的歡樂永無止境

6

父親臨終那一天，他拉著母親的手上廁所
「不行了，已經不行了⋯⋯」父親說
經過61年婚姻的人就要分離，母親說「他緊緊抓著我」
我呆立於父親的平靜與母親的悲傷之間

7

暴雨過後，天空放晴
我們抬著父親的靈柩
行進在稻田、水塘間
人世清澈，安詳如斯

8

把父親送上山後，我坐在他的臥室流淚
道士們在池塘邊燒他的衣服
我擦乾淚，再收拾他的毛筆與墨汁
最後把父親臨終的床也倒立在牆邊

9

我家老屋空無一人，父親的遺像在客廳端坐
「讓他守屋」母親說，院子裡一棵老桂花樹
在靜寂的夜晚散發植物的清香，我懷念故鄉的樹木
在黑夜裡發光，像我的赤腳踩進雨水

10

在異鄉旅館，我的頭靠在白色枕頭上
聞到父親的氣息，「一個人死後，他的氣息還會存在三年」
姐姐說這是父親生前告訴她的
今天我才發現這是父親對靈魂準確的判斷

11

昨晚夢裡重回故鄉學校，我撲進
紅磚校舍最北那間，父親已不在

木床上零亂，桌子上堆滿了課本
我哭著翻找父親留下的任何痕跡

12

後半夜，我抱著父親與我的合影照片
像夜鳥抱著微暗的星光
我不知道希望還會不會在黎明升起？

13

雷鳴送來死去的父親
他的喉結上下滑動，他餓了
我們一起吃閃電，吃風中煮沸的麻雀

14

異鄉雪夜，我夢見自己剃髮為僧
走在從長沙到樟樹鎮的河邊，我的眼淚忍不住
滑落到僧袍上，我隱隱約約聽見母親在哭泣：
「你隨你父親去了，把我遺棄在塵世……」

懷鄉

1

小學校的樹林嘩嘩作響，風吹教室窗戶的塑膠
像一個人打另一個人的耳光，我們提著小火爐
一生的溫暖微暗，也比不過小學校裡五年時光

2

睡在土豆地裡的孩子，與睡在土豆地裡的蛇
在午後的陽光下熱醒，風吹蛇信子滋滋作響
40年後我記起蛇爬過我小腹時涼颼颼的恐懼

3

池塘，稻田，山林，石橋……一個孩子要走過
多少路才能到達外婆家？才能吃到黃色米豆腐？
路邊的孤墳邊竄出一條土狗，它的眼睛流著淚
背後的腳步聲一直跟隨我多年，直到外婆過世

4

我們潛水的本領一年比一年高明
母親驚慌的呼喊在夏天傍晚傳來
很多年過去了，我們回到栗山塘
池塘的水面突然冒出少年的腦袋

5

一隻被雨淋溼的鳥撲到我家窗台
我那時大約只有七八歲，看著鳥
我伸出手捉住了它溼漉漉的身體
它渾身發抖，就像我無助的樣子

6

天光透過窗戶照在藍印花被子上
我們睡在七十年代末的湘北早晨
國家正艱難，少年在飢餓裡貪睡
四處借米的媽媽呀露水打溼愁容

7

外婆坐在地坪縫補衣服，我洗完澡
提著一只木桶走向池塘，這時大雁
從栗山上空飛過，發出沙啞的叫聲
翅膀搧動一路向東，仿如我的青春

8

蹲在茶園割草，露水打溼了我的褲腿
我熟悉雲雀的歌唱，它們一群群盤旋

茶園空寂，鳥鳴愈發加深了我的恐懼
我知道朝陽會從松尖一點點照射過來

9

殺牛的場面不堪回首，時隔多年我的心還吊著
在集體的喧囂中我向大隊部靠近
牛眼裡有淚水奔湧，一瞬間它與我對視
彷彿我是那個要殺它的人

10

懷念栗山的每一棵樹，它們都是九死一生的樹
懷念栗山的每一座墳，它們都是埋葬生命的墳
沒有人砍柴的栗山已經荒廢，惟有樹堅持生長
沒有後人祭奠的墳已經坍塌，留下孤墳在冒煙

11

我們過河，沿著山下的小路往東走
鴨子蹲在路邊，像穿黑衣的舊時代的親戚
看我們上山，去找那寂寞的墳

12

我見過最有質感的陽光，在農家狹窄的臥室
它們從一扇小窗射進來，木窗櫺沒有攔住它
窗簾也只是滑過，然後迅速移開，陽光照在
床鋪上，棉被半掀開，主人的體溫彷彿還在

13

一張躺椅靜臥床邊，沒有人但人的氣息彌漫
除了兩邊光滑的木扶手，躺椅被陳舊的白布
包裹，或許主人剛剛離開，還在院子裡散步
我喜歡農家臥室的寧靜，新鮮又陳舊的寧靜

14

去年我最不能忘記的是一戶農家臥室的寧靜
陽光照亮了躺椅，一隻朱紅色的藤條小籃子
放在窗台下的矮桌子上，旁邊是一把舊竹扇
籃子裡有針線、剪刀與布頭，久違了的熟悉

15

我見過世上最溫暖的床，掛著陳舊的白蚊帳
木床沿磨得光滑，床單補過，像清貧而樸素

的生活本身，我還傾心於凹陷在下午陽光下
的布枕頭，在老年農民的臥室，時光已靜止

16

我驚訝於農家客廳的儀式感，此刻光線半明
半暗，兩張小太師椅擺在正中，木質已泛白
兩邊各有一矮凳，上面均端坐一菩薩，香灰
點點，中國人的傳統生活滲透了時間的痕跡

17

牆上的水墨畫已發黃，荷花蜻蜓，適得其所
我能感覺到老年農民夫婦均勻的呼吸
天下的父母都有一幅舊面孔

18

木梯是漂亮的家庭成員
穀倉裡的黑暗在半夜順著木梯爬出來
老年農民夫婦夢見歡樂的家禽金光閃閃

19

醃菜罈三五個，擺在床邊
蚊帳高掛，地上鋪滿了銀子般的日光
農民無祕密，明暗處是生活

20

河水乾枯露出河的醜陋，以及鳥的遺骸
兩岸杉樹靜穆，為烏雲讓出整齊的道路
河底淤泥裡的天空，映出我歪斜的倒影

21

寒氣順著河流聚集到天上，迷途閃閃發亮
與其說星空，還不如說漆黑的故鄉在沉睡

22

「在勞動中得到休息」，村民錢良意說：
「我與父親、母親、哥哥、姐姐生活在一起」
其實他孤身一人，腦子已經壞掉了很多年

23

九隻青蛙胚胎在罐頭瓶子裡，「它們是我的生物體……」
村民錢良意撥開一層層亂草喃喃自語
讓我看見另一個世界：九位幼小的神仙正在長大
而我無法進入他們的生活

24

寂靜的樹林深處落日在燃燒
一條小路尚未被夜色埋葬
蟲子的低泣暗合了我還鄉之心

25

古人相信生命是風吹來的
條風至，地暖；明庶風至，萬物產
清明風至，物形乾……
我相信甲骨文，在本命年祭風

26

戴貂皮帽的人出現在門口，毛絨絨的腦袋
他眼睛枯燥，空洞，隱匿著我未知的生活

他一身的寒氣襲擊到了我，喂親愛的獵人
讓我的頭上也趴著一隻貂，讓我一身寒氣

27

我們都愛穿海魂衫，沒有見過大海
但少年的心裡浪潮洶湧，趴在地上
玩小彈珠，每個孩子的褲兜裡都有
彩色玻璃彈珠，像把大海隨身攜帶

28

城南供銷社牆皮發黴，老樹披頭散髮
一座破敗荒涼的生活博物館
副食品的氣味還留在空氣裡

29

鳥的舌頭上壓了一台小型發報機
黎明的光線又薄又亮一卷又一卷

30

土牆三十多年不倒，我認出是七外婆留下的牆
衣架掛著白蘿蔔條，太陽依舊曝曬寧靜的生活

31

我聽到母親講某人去了血防站
一個曾經的地名讓我心頭一熱
我血液裡也隱居了一座血防站

32

我坐在三年級教室一群孩子們中間
木桌與我身體的不協調性讓我興奮
我聞到課本、教室與女老師的氣味

33

打掃庭院，小孩子的腳印像梅花鹿留下的
他們從月夜裡來，清晨從柵欄上悄悄越過

34

桃花怒放的速度
慢於鴨子投水自殺的速度

35

我順著牆上的電話號碼
就可以買到雞、鴨、鵝苗
它們在我的幻覺裡潛伏
隨時破殼而出

36

太陽照耀竹竿上的床單與臘肉
殘雪照耀還鄉者的蒼白與慌張
一周後我將像個做錯了事的孩子
又一次忍心離開老媽媽

37

貓頭鷹站在故鄉的枝頭
我認得它鐵絲一樣生鏽的雙腳
我認得它的眼神，那是我童年早夭的好友
他還活在貓頭鷹的哀叫聲裡

38

下半夜我到栗山塘洗衣服
是為了與化生子相遇，我洗衣像洗他們的亡魂
一個個幼小的亡魂在月亮下跳躍

39

在我家菜園旁邊的小屋裡曾經放了兩具棺材
現在只剩下了一具，孤零零
母親偶爾去看看，看它還在不在

40

路過一片陰沉沉的杉樹林
25年前我見過一對戀人在此喝農藥自盡
那時的杉樹林比現在要生機勃發

41

窮人家的屋簷下總有成梱的木柴
我羨慕它們那樣整齊
露出新鮮的木頭截面
好似敞開的傷口

42

歡迎來栗山散步
看鳥在空中親嘴
看我的眼神像情人

43

八風以時，則陰陽變化道成，萬物得以育生
在死者的唇邊，風是祕密的遺囑

44

星星凝固在故鄉的夜空
吾本一老猴，對月轉動鬚髮皆白的頭

枯寂

1

認識枯寂比認識自己更難，枯坐在畫案邊
我眼睛裡的白漸漸大於黑，心中的石塊是
巨大的黑，向筆端奔湧，我被我自己擊中
吞下一碗墨汁還不夠，還必須徒步去江西

2

羞於宣紙的柔忍，她完全接納了一個暴力的詩人
羞於墨汁的包容，她逐漸改變了一個骯髒的商人
我這一生基本上可以用二者來下結論──
暴力已經過去，骯髒被心洗盡

3

魚的孤獨代表了一個時代，現在還可代表一個
隱蔽的我，從酒局回來，我脫離了喧鬧的人群
脫離了偽善的朋友，有人企圖用微信把我砍斷
有人亮出權力的金條，而我迎向瞪著眼睛的魚

4

花天酒地與悲欣交集，兩種分裂的人格教育了我
我也曾陷入花天酒地，多麼兇險啊！

總算過去了，現在我喜歡枯坐，喜歡畫魚
喜歡把頭埋在清水裡

5

弘一法師穿一襲白衣
站在我書齋窗下的烏桕樹下，我一夜睡在墨汁裡
嘴唇烏黑，舌頭發甜，喊口渴
早晨起來跑步，身體像是死過一回一樣空寂

6

游衍書潰，唾棄名利
弘一法師與我家鄉的農人何其相似
農人長年勞作，清瘦友善
鋤頭即毛筆，輕輕扛在肩上

7

大雪活埋了栗山，我穿著八大山人穿過的木屐
戴著巨大的斗笠，父親把笨重的蓑衣穿到我身上
那古老的裝扮對於一個少年為時過早
父親過世後，我才憶起大雪中追捕的一隻野獸

8

康熙十七年，八大山人佯裝瘋癲
撕裂僧服，獨自走回南昌
他的心境，我需要長時間的臨摹

9

小男孩一個人站在烏桕樹下，臉蛋兒凍得通紅
我俯身撫摸他的頭，就像撫摸一團跳動的火苗
他在等待什麼？一場大雪即將到來，烏鴉徘徊
彷彿在觀察小男孩，而我卻有難以掩飾的枯寂

10

白雪殘留在忍冬藤上，世間還有多少殘留的美好？
我呼吸著雪後乾淨的空氣，天色微暗
雪的反光愈加明亮，肥大的花蕾在我腦子裡閃現
所有死去的都曾在雪地上留下過腳印

11

雨打在福濟橋上
我驚訝雨啪啪落地的聲音
像銅錢向我猛地砸來

12

土磚房子，黃泥塗抹
佛龕下，我長睡不起

13

杭州舊時約有兩千餘所寺廟
我想總該有一所屬於我

14

烏鴉推開院門，伴隨著一陣風
糧食與水在那裡，請隨便取用
我在午後小睡，不必關心世事
烏鴉烏鴉，歡迎與我一起入睡

15

除夕夜如果貓對著人叫喚，那是死的兆頭
立春日貓叫那就另當別論了

16

我聽見暖氣管裡有人在開會

17

跑著跑著，我就遇見你在霧裡裸體浮動

18

不要獨酌清酒，那種氛圍更不要去碰

19

寒冷季節宜去痘神祠斷食

愛是慈悲

1

丁卯民國十六年，李叔同48歲春
居杭州吳山常寂光寺，7月移居靈隱後山本來寺
已經聽不見日籍妻子的哭聲，慈悲已經是愛
轉身走了的愛人不要再回頭

2

1918年春，清晨薄霧，西湖上兩舟相向
「叔同──」「請叫我弘一──」
妻子：「弘一法師，請告訴我什麼是愛？」
李叔同：「愛，就是慈悲」

3

弘一法師囑咐弟子：我遺體火化之後
記得在骨灰罈的架子下面放一缽清水
以免將路過的蟲蟻燙死

4

光緒二十八年七月
李叔同沒有到寺院裡去過

只到湧金門外吃過一回茶
他所做過的事，我都想知道

5

夏丏尊後悔對李叔同說：
「像我們這種人，出家做和尚倒是很好的」
我後悔沒有趕去西湖，否則我就是一老和尚

6

謝謝愛人，我在夢裡做沙彌，吃素的生活
沒有堅持，我愧對愛人的心，我理解她的
痛苦來自於世界的不潔，而我只是想體驗
並不願意捨棄骯髒的名聲，不捨讓我羞愧

7

愛人的鼻息是一隊溫柔的戰馬
被黑夜吞噬的人浮出花被子
大汗淋漓的馬頭在黎明時分左右甩動

8

奔跑在故鄉的田野，愛人呀
你身後的雲雀是我童年的那一群
它們不離不棄，追逐著來自異鄉的女孩

9

到院子外廢棄的水渠裡去找
愛人，那裡有老媽媽養的一隻母雞
它曾帶回一窩小雞，現在它又在偷偷孵蛋

10

冬天雪水洗淨白菜，愛人手挎竹籃
我小時候的生活溫暖而孤單
愛情要過20年才來到今天故鄉的池塘邊

11

愛人，見了老媽媽要淡定
她喪失了伴侶，悲傷控制了她的心
等我離開人世的那一天，你才能放聲痛哭

12

「人充滿勞績」，愛人才是你真正的故鄉
父母要先於我們離世
留下我們相依為命，把彼此視為故鄉

13

深夜的滴水聲到清晨還在滴
她輕微的呼吸聲如一隻小鹿
試探著夜的深度，睡夢中她潔白的手
觸摸到我額頭，如水滴對夜的愛

睡在父親離世的床上

睡在父親離世的床上，我聽到大地的心跳在寂靜的夜裡
咚咚咚從另一個世界傳來，那是父親的心跳
像是飛蛾撞擊油燈。生命的勇氣一點點熄滅，而思念更
長久，睡在父親離世的床上，我在體驗父子的心靈感應
父親殘留的體溫是否溫熱？夜裡我夢見與哥哥圍坐在老屋的
書桌邊，我寫字，哥哥捏泥人敵軍長，油燈照亮了童年
父親去了哪裡？他在公社、政治與家庭中間穿行
一部黑色手搖電話機，一張老式辦公桌，記憶裡
陽光強烈的空氣裡灰塵上下翻飛，父親硬朗的臉浮現
我被牆角三五支步槍吸引，穿中山裝的父親上衣口袋裡
插著自來水鋼筆，他的口才我繼承了多少？他沉默的
風度我到中年才開始學習，而人世的屈辱轉化為尊嚴
與不屈，父親尤如飛蛾撲火，生命的熾烈與無畏終將熄滅

睡在父親離世的床上，我聽到父親接電話的聲音在七十年代
喂喂喂喂從電線裡傳來，晃晃蕩蕩的電線裡有我父親的心跳
風吹飢餓的麻雀倒栽在水庫的碧波上，我聽到父親的心跳
在今夜另一隻麻雀身上復活，小小的心臟隱藏在黑暗的樹梢
它飛過了多少次生死輪迴，我就能聽到父親多少次心跳
今夜父親那部老式電話機在世界某處響，滴玲玲的聲音
打破了夜的寂靜，無人接聽，它的主人消失在灰塵翻飛的
光線裡。我睡在父親離世的床上，電話鈴聲刺激我的耳膜
電話機黑色外殼，父親的手搖動電話機的動作，一一浮現
成群的麻雀在電線上此起彼伏，而總有一隻因為飢餓

在水庫的碧波上掙扎，我回憶起一陣風吹起麻雀肚皮上
白色的絨毛。電話鈴聲微弱，像那隻麻雀漸漸沒了體溫

睡在父親離世的床上，我聽到學校操場上人聲鼎沸
集會正在進行，現場群眾與未來的我，同時聽到大喇叭裡
周祕書在作報告，陽光暴烈，公路上的爛泥散發熱氣
父親沉穩的聲音經過高音喇叭的擴散，在今夜我能聽見
滋滋滋的顫抖，發電機不穩定的電流裡有父親粗重的呼息
與翻動報紙的嗦嗦聲，那時父親應該是我現在這個年齡
文才被公社短暫徵用，周祕書的稱呼卻延續了幾十年
我一直覺得怪怪的，好像是強加給他的身份越來越縮小到
老一輩人的嘴裡，直到他們一個個離世。記不得哪一天周老師的身份
取代了周祕書，一代又一代的學生長大、生育，教育陪伴了您後半生
直到您在黑板上寫下「同學們──再見了！」父親，我們能再見嗎？
我是您的兒子，也是您的學生，黎明到來，我坐在床上睡去
我相信在睡夢中可以與我的父親──我的老師再見一面

睡在父親離世的床上，我聽到父親在喊我的乳名
自從我十八歲離家，乳名被遺棄在故鄉，像一個祕密
今夜我聽到父親在叫我的乳名，我模模糊糊就答應了
父親的聲音像我讀中學時那個夜晚，我與哥哥睡在學校宿舍
下半夜我隱約聽到有人叫我與哥哥，是父親在敲門
我在睡眼惺忪裡跟著父親，記得那個晚上月亮高懸，腳踩在
結了冰的路上發出嘎吱嘎吱的響聲，父親的咳嗽聲在前面
我知道家裡出事了，驚恐第一次突襲一個少年，當我看到哥哥

抱著姐姐痛哭，我半夢半醒，驚訝哥哥的哭聲，原來傷痛
是衝破喉嚨的哽咽。姐姐被抬上擔架，親戚們在燈光下晃動
天尚未明，他們要去湘江邊趕船，送姐姐去長沙治病
我少年的記憶裡從此種下了父親、哥哥與姐姐分離的
那一幕情景。今天父親不在了，幻覺中父親在叫我

睡在父親離世的床上，我聽到春天在後山奔跑的歡樂聲
眾樹像父親，經過短暫冬天的樹葉墨綠，生命更加容忍
散發出的愛，需要生者去沉思，需要在悲傷與歡樂之間
來回轉換，祖墳山埋葬了多少代人才獲得今天的靜默與
蔥蘢。一群人來上墳，鞭炮齊鳴，煙霧四散，跪下的兒孫
年長的面容悲寂，強忍住眼淚，年幼的像樹技上的嫩芽
在風中顫抖，年老的發出了嗚咽。春天已經來到了父親的
新墳上，因為他的加入而讓祖墳山有了新的悲傷
悲傷萬古常青，加入者如新鮮的黃土年輕而充滿朝氣

睡在父親離世的床上，我聽到春雷滾滾奔向黎明時分的故鄉
湖南持續的高溫冬天終於在夜裡迎來淋漓的細雨，春雷一響
溝渠裡的活水在不遠處喧嘩。我撩開窗簾，天色微明
我想起童年時父親與哥哥捉回鮮活的鯽魚，鯽魚與泥水的腥氣
我有三十多年沒有聞到了。我披衣坐起，腦子裡有鯽魚跳躍
春雷追著牛犢，滿山的青草一夜間開始瘋長，春雨貴如油
昔日鄉村炊煙沿著田埂彌漫的景象，隨時光已逝，田地荒蕪
浸水沾沾流淌，野草掩埋鄉間熟悉的道路。時代巨變，門前的
池塘縮小了，春雨還沒來得及灌滿，我的心裡堆滿了從北方到

南方的雪水。故鄉的春雷在雲層裡炸響，睡夢裡的親人
多少年來他們習慣了這突然而至的春雷。父親留在堂屋牆上的
黃曆翻開了新的一頁：彌勒佛祖誕，今日辰時雨水
7時50分，天亮了，農曆乙未年迎來大年初一日
本日九紫，母親起床，她以為春雷是父親回到人間大地
她說：「我要撲上去抱住你父親，不讓他再離開我了………」
──我的娘呀你不要抱住父親，讓雷聲消失，讓春雨撒滿故鄉

睡在父親離世的床上，我聽到母親在佛前祈禱──
向西南方迎喜神，向西方迎貴神，向正西方迎財神
向北方迎我父親。「昨晚那三聲雷響，是你父親帶領
他另一個世界的親人向這邊報平安，他會保佑我們。」
母親的想像何其美好，超乎我的想像。一家人吃團圓飯
父親的座位空著，一碗白米飯，一雙筷子，一杯酒
擺在兒孫與母親中間，去年他還坐在那個位置，我們乾杯
祝父母長壽幸福，我們的笑容裡有掩飾不住的痛
淚水滴在酒裡，我看見父親在後退，一個人的生命正在耗盡
所有的挽救與祝福都顯得渺小無力。留在人世的時光不多了
上洗手間時父親第一次緊緊牽著母親的手，死死捏著不放
「這些年從未有過，他從未這樣緊地抓過我的手啊……」
母親跟我談起父親迎接死的感受是那樣具體
「他都不需要我陪伴，連呻吟聲都不發出來，只是有過
最後的嘆息。」父親臨終前一天將一本字典送給侄孫女
他自己尚能洗澡，臨終前姐姐給他洗了腳，他執意讓母親
與姐姐先睡下，他只有幾秒鐘就走了，「沒有痛苦，你姐夫

扶著他的頭。我抱著他時已經沒有了氣息。」母親的敘述
終於平靜，她經過了九個月的生離死別，向我無數次敘述
父親最後的時刻。「一隻蝙蝠來了，我對他說你回來了──
那是你父親，他捨不得家，回來看看，他飛回家幾次
我追著他，他突然飛到床底下不見了……真的是他
最後一次我打開後門，讓他從後山飛走了……」
這是母親向我第一次講到蝙蝠。我相信我們終將走向時間的
黑洞，父親在前面引路，我們排著隊，像一隊黑夜裡的蝙蝠

唯見長江天際流

李白：（701年－762年12月），盛唐詩人。
昌龍：皖人，北大博士。
夢妮：楚人，讀書人。
藝文：湘人，畫家，童話作家。
王翟：皖人，導演。
甫華：湘人，出版人。
馬瑩：川人，公司職員。
學良：皖人，哈佛博士。
永炎：皖人，唐宋詩歌研究者。
瑟瑟：湘人，詩人。
孟浩然：（689年－740年），盛唐詩人。

李白：

我這一生在宮殿中的時間並不多
甚至可以忽略不計
從翰林院出來後我到了洛陽
與杜甫相遇是哪一年？
我記起來了，是天寶三載夏天
我們兄弟一起求仙訪道
我們這一生都在大地上漫遊
我不知後來的人是怎樣看待我的
──一個酒仙，一個懷抱酒罈子的人
如果我不寫詩，我就是一個釀酒的人
當你們飲酒作詩時，我就在你們後面

我遠遠看著你們，用我的靈魂與你們交談
我說：故人西辭黃鶴樓，煙花三月下揚州
你們眼放光芒，好呀生活多美好
我說：孤帆遠影碧空盡，唯見長江天際流
你們黯然傷神，臉上流淌白色的酒液
我告誡朋友們：喝酒時不要羞羞答答
你們啊一定要開懷痛飲，我現在喝不動了
人活著時不知死後的事，死後就不能喝酒了
只能遠遠地看著你們喝，我就在你們身後
當你們喝醉了，我來到你們中間
我扶起倒下的酒瓶，給空空的酒碗盛滿了酒
與你們在一起我不再感到孤獨
知己啊一群單純的知己
想起你們的痛苦我就老淚縱橫
想起你們的快樂我就仰天大笑

昌龍：

我身在南方，和妻子、岳父討論詩歌
是我人生最快意的事
我心在北方，我的導師、師母年事已高
他們給我的教誨源源不斷傳來
黎明我沐浴誦詩，這是堅持了一年的儀式
寫下一天裡最想對古人說的話
朋友們隔空圍觀，就像我的親人

遍佈四海，他們鼓勵我像古人一樣生活
那好吧，我試著在詩詞裡呼吸
我試著穿上李白的布鞋與布衣
我在鏡中端坐，夫人穿鏡而來
她撫摸我的臉，就像撫摸一件瓷器

夢妮：

我喜歡朋友們來飲酒打牌
聽到你們開心的笑聲我比你們還要開心
我喜歡獨自讀書，一本書我要一頁頁讀
我要把一本書讀爛，宴席散去時
只有一輪明月伴我閱讀
從半夜讀到雞叫，從天上讀到床上
一直讀到長江水湧上我的心頭
我讀到肚腸寸斷時朝陽照徹了大地
敏感的事物需要我記錄與收藏
李白的朋友我必須熱情款待

藝文：

我的內心越來越柔軟，它常常提醒我自己
流水有情世事無常
我畫下的畫，我寫下的字越來越多
它們堆積在我身上，像長江的波浪

我何時掙脫我畫下的畫，我寫下的字
在長江上飲酒，看天邊的雲霞奔湧
我順應上天的指引，沿長江走到天黑
當我看到朝霞升起，淚水滾出了眼眶
我畫下的洞庭湖巨浪滔天
我畫下的山鬼裸露了身體
她在低泣，她在風暴中靠近了屈原
李白啊在洞庭湖的巨浪上舉起了酒杯
我喝紅了臉，我畫破了紙
在座的諸位請聽我說——
我的內心越來越柔軟，它常常提醒我自己
流水有情世事無常

王翟：

我也飲酒但不作樂，我坐山觀畫
畫上人的飄飄蕩蕩，我看花了眼
他們嘻嘻笑笑，像我種下的花朵
他們古老又嬌嫩，像剛剛喝醉了
記憶中我曾與李白在安徽相遇
他臉頰凹陷，肩膀像兩個樹樁
是啊他身材保持得比我們都要好
衣服並沒有破損，穿在身上隨風飄蕩
但我想他就是李白，他在安徽到處喝酒
所到之處寫下的詩句被長江帶走

甫華：

我是在座中最不怕痛的男人
我忍著世間的疾苦不說出來
我的表情平靜如一盤青菜
我只說甜蜜與幸福的往事
風疾隱隱襲來就像長江水
從崎嶇的江底給我送來沁涼
骨頭與骨頭的縫隙間有一束光
我繼承了李白的傳統
我走向群山與荒野
我在夢中尋訪隱士高人
今晚我向你們展示一條健壯的腿
像馬腿一樣抽風
哇哇哇我的腿瘋狂錘打大地

馬瑩：

我是蜀國的女兒
在嶺南生兒育女
清晨起來我打掃庭院
給魚兒與馬兒餵食
今天我從書院摘來荔枝
鮮豔的果實讓眾人感慨不已
如今我們都寄居於嶺南

這一生我們把異鄉當作故鄉
剝開一顆乳白的荔枝
尤如剝開一顆熱淚
我眼睜睜看著他們喝醉
看他們像孩子一樣訴說
李白的遊魂啊歡迎你落座
歡迎你品嘗異鄉的荔枝
歡迎你飲下這甘甜的白酒
歡迎你喚醒這群喝醉的人
他們在呼喚你的名字
——謫仙人謫仙人
天色已晚，我們夢中相聚

學良：

兄弟我在哈佛的時候
有一天我在圖書館遇見了李白的幽靈
他抓緊了我的手，把我拖到書架後——
故國草木枯了，皖南的天空佈滿了
燒得通紅的雲朵，大鳥飛過你的村莊
你的母親追著大鳥呼喊你的名字
兄弟我在哈佛的時候
我臉上的絡腮鬍子像亂草瘋長
皖人自有皖人的氣度
我說不了假話，因為我的舌頭

被母親親吻過，我的臉被酒燒過
我的語言被李白使用過
我喝的酒是李白與孟浩然喝過的酒
兄弟我今生誓與酒為友
我在徽菜與湘菜之間推杯換盞
我在宣城中學與香港科技大學之間喝酒
凡是陪我喝酒的都是千年好友
凡是打開茅台的人都是李白與孟浩然
分別那天的見證人，只有你們看見了
孤帆遠影碧空盡，唯見長江天際流

永炎：

我年事已高，高大的身體在大地上
像豎立的長江，我時常聽到我
身體裡的江流發出咆哮
我時常安慰它們──
稍安勿躁，一切都是命運的安排
一切都是最好的歸宿
愛如江水，洗刷世間的疾苦
也滋潤父子的恩情
在座的有兩個是我的兒子
他們當然也是長江的兒子
他們是水做的，骨骼裡容不下沙子
眼裡容不下淚水，好男子大嘴闊唇

醉聽清吟，把烈酒當成長江水
乾了這一杯再乾下一杯
你們只有醉了才能聽到我的清吟
你們只有愛得死去活來
才能見到李白與孟浩然的幽靈

瑟瑟：

請你們祝我戒飯成功
但所有人祝我戒酒失敗
當我端起酒碗，你們卻舉起了酒杯
我羞愧地低下頭，只喝了一小口
當我拿起筷子夾肉，你們卻只顧高談闊論
好像忘了還要吃肉，是啊沒有人逼我吃肉
但有人催我快馬加鞭，趕往安徽當塗
我要攔住從長江裡撈月的李白
我要陪他返回湘江，洞庭湖的月亮
照徹屈原、杜甫潔白的靈魂
我學著孔子取瑟而歌
在我的肉身上彈奏出叮叮噹噹的音樂
我到安徽尋找你的足跡
你的足跡模糊可見
你的死隨風而逝
到底是醉死、病死還是溺死？
我相信你的死與月亮有關

你在長江裡掙扎
撲騰的水花濺到了我臉上
我在桃花潭汪倫的墓地睡了一夜
那一夜，露水石子一樣砸向我的帳蓬
清晨，美國漢學家梅丹理第一個跑來問我
──昨晚你看到鬼了沒有？
沒有，睡夢裡李白的遊魂下來了
乾淨、輕飄飄的遊魂圍著我飛行
他騎著月亮，像一個仙人
筆落驚風雨，詩成泣鬼神
我呆立桃花潭等待你的歸來

浩然：

我姓孟，字浩然，號孟山人
那一年，李白送我去廣陵
我比他大11歲，他比杜甫大11歲
我們相處於同一個時代
送別是一件感傷的事情
故人西辭黃鶴樓，煙花三月下揚州
孤帆遠影碧空盡，唯見長江天際流
此情此景像一幕詩劇
我們都是劇中的主角
1300年後，我們的肉身消失
但座位還留在舞台中央

我邀請李白回來
回來與你們痛飲
你們的酒杯倒滿了美酒
你們的友情像長江日夜奔流

武當山

1

走過了天下的路
才發現霧是我走過的最好的路
霧是紊亂的，又是邏輯性的
多年前我從霧裡尋找一座山
尋找它的邏輯
尋找它隱藏的神仙

2

我沿著霧往山裡走
就像走在棉花上一樣
走著走著
我的頭髮與鬍鬚花白
我的腳步像貓步似的
我自覺成了一個神仙
我的行為變得神祕而謹慎
這是我所反對的
我反對將自己神化

3

山裡的神仙是真的神仙
而不是神化的自我

因為他們長年住在山裡
周身長滿了樹
腳下長了厚厚的青苔
彌散大霧的氣味
他們與山外的關係可有可無
如果我不上山來尋找他們
他們絕不會來尋找我
我的存在並不影響他們
他們的存在卻深深影響了我

4

世上本來沒有神仙
將自我反復修練就成了神仙
他們住在雲裡霧裡
在我很難找到的地方
我就是找到了山洞
洞中只留下幾冊書
連燒火做飯的痕跡也沒有
他們主要吃霧
喝天上的雨水
他們的生命化於萬物的生命
他們通過萬物的呼吸而呼吸

5

我追到霧裡
霧裡有一座宮殿
瓦片整齊排列梳洗過一樣
廊柱渾圓經過了理性的思考
一條長路把我接進了宮殿
神仙端坐，神態略顯緊張
我們都不好意思開口說話
語言屬於別人，自我回到沉默

6

靜止的山體，修長的樹身
它們都處於一種自我教育
我在霧中踱步像一隻鶴
我轉動長長的脖頸
轉動了自我教育的關節
我的身體外冷內熱
霧氣籠罩了我
腦袋如一顆寶石
掌握了宇宙的祕密

7

武當山壓住了我
傾斜的岩石靠在我肩頭
宇宙是一口大鍋
靜靜扣在山巔
武當山承擔了精神的重量
承擔了我很多想法
我得道成仙的想法
它正在幫我一點點實現

8

我挪動身子
從武當山抽出自我
我想學老子騎青牛出關
但找不到青牛
那就讓趙原背著我下山
我已經完成了自我教育
我的肉身輕如一根羽毛
頭髮鬍子花白
搖著一把扇子
我們從山頂緩緩而下
趙原一步一步踩著崎嶇的山路
像一條壯實的青牛

他背著我
背著一座武當山

海上的霞光

1

我穩坐船艙翻閱海鹽史
分不清船到了哪個海域
只感覺到顛簸的大海
與我漸漸融為一體
這是我喜歡的感覺
沒有任何壓迫感
更沒有誰要求我一定要怎樣
我的心自由地起伏
大海沿著我的心流淌
波濤緊緊擁抱我
我是一個剛剛面世的嬰兒
烏黑的眼睛像海上的星星
我離陸地越來越遠
大海的搖籃，波濤的漩渦
把我帶向天邊

2

我來海鹽吃鹽
吃天下潔白的鹽粒
大海敞開胸懷
大海大汗淋漓
在海底日夜燒煉出

大海的心，廉潔的晶體
我不是一個貪婪的人
我乾枯的嘴唇舔食波浪
大海的味道，火山的溫度
從冷卻的海水裡提取朝陽
它像我奪眶而出的一顆熱淚
僅此一顆，就足以表達我的悲傷與喜悅

3

夕陽緩緩墜落
一條狗來到碼頭
它昂揚的身體全是線條感
我熟悉天下家狗英俊的面孔
它在等待我們歸來
我們加入落日告別的儀式
白晝的模式瞬間消失
人類面臨很多次選擇
我選擇睡在大海上
當夜幕降下
燈火點亮了遠處的海鹽城
人們圍坐在桌子旁吃晚飯
一碟乾魚，一盆海鮮
我彷彿聽到孩子的小嘴呫巴的響聲
生活有滋有味，燈光籠罩飯桌

大海如一塊幽暗的玻璃，人們關上門窗
收拾好碗筷，一天就要結束
溫柔的家狗還在碼頭邊
等待大海上的人

4

我口含一顆鹽粒
在星空下默默朗讀
只有這樣才能忘掉人類的孤獨
流星落進大海，像跳海的狗撲騰起夜浪
它終會回到天上，重新照亮我烏黑的眼睛
它終會回到碼頭，任海風吹亂金色的毛髮
我打開手機觀察朋友們的夜生活
我不信微信是我與人類聯繫的最後通道
一個老友的電話打進來
彷彿來自海底的聲音
他嗡聲嗡氣地告訴我他剛成為了爺爺
這是個好消息，一個白鬍子爺爺從此誕生
一個嬰兒從此成為人類堅定的一員
讓你孫子吃鹽從此成為大海的主人
我給你孫子在大海上讀一首詩
一首海浪下魚群游動之詩
一首展翅高飛的月亮之詩

5

我在海上想像海鹽城裡的人
他們端著飯碗，嘴裡鼓鼓的
嚼著魚骨，我甚至聞到了
魚在鐵鍋裡快要煮熟的香氣
我們過起了富足的生活
所以倍加懷念清貧
我被魚群包圍在海上
我在鹽裡游泳
魚群追著我
就像發現了一個貪官污吏
一個白白胖胖的吃飽鹽的傢伙
它們追了我一夜
直到海上的霞光升起
我從睡夢中醒來
懷裡抱著那條金色的狗

萬古如長夜

第2輯

追趕飛碟的日子

我們有過神祕的鄉村生活
哥哥帶我爬上屋頂
快看快看——
橢圓形的發光體
像一頂旋轉的帽子
哥哥雙腳騰空跑在前面
我貓著腰跟在他屁股後
外星人外星人
他一定看見了我和哥哥
我們屏住呼吸
天邊晚霞即將消失
我們蹲下身體
哥哥像頭猛獸
氣喘吁吁
夕陽映紅了他緊張的臉
飛碟轉瞬即逝
很多年來
我和哥哥一直等待與外星人相會
在黃昏追趕飛碟的日子
充滿了巨大的希望

豹子聳動脊椎

豹子坐在窗前
豹子聳動的脊椎深深埋進遠處的群山
我的頭埋進豹子的後腰
它的後腰渾圓我緊緊抱著
它的心臟鮮豔我摸到了豹子鮮豔的心臟
我們有共同的父親溫柔又沉默
豹子坐在窗前
豹子的體內有一座遠山的工廠
溫柔又沉默的父親定居在那裡
我看不見他的臉
我只看見他的脊椎聳動

山中所見

細碎的瓦片像魚鱗
魚鱗烏黑整齊排列
房屋低矮但剛好觸到天空
天空層層雲霞遠去
與地面形成靜止的畫面
大人站在屋簷下
小孩站得離我很近
身後一條大土狗面相慈祥
大土狗後還有一條小土狗
它隱藏在房屋的陰影裡
我並不能確定它的性別
大家表面看來相當冷漠
保持了若即若離的距離
生命的熱情像條小土狗
因為羞澀而失去了溝通
小孩膽怯手指咬在嘴裡
他很快就會長大
他將取代他的父親
他的大腦袋
將變成正常大小的腦袋
他像父親一樣爬上屋頂
去觸摸遠去的雲霞

幽藍色的生活

只有幾秒鐘
鋪天蓋地的幽藍色
就滲透進了每一個角落
天空是一塊幽藍色的大布
星星是白色的斑點
那麼細小仿如彈孔
本來是墨綠色的大樹
變成了幽藍色的剪影
幽藍色滲進了我們的眼睛
我們圍著村莊夢遊
溪水嘩嘩，石頭翻滾
只有洗衣的婦女是真實的
她手裡的衣服是一團幽藍色
石拱橋從現實通向夢境
我們走上石拱橋
去尋找幽藍色的源頭

看待世界的方式

忍住淚水的方式
烏黑的大眼睛的方式
穿對襟藍布衣的方式
布扣子扣到下巴的方式
梳瀏海的方式
健康紅潤的臉蛋的方式
眉毛整齊的方式
乾淨如新月的方式
鮮活的嘴唇的方式
一枚果實的方式
飽滿的方式
我親愛的小孩
她平靜地注視你
一言不發地站在對面
看待這個世界

訪客

一架木梯佔據重要位置
踩它的腳不見了
一架空空的木梯
靠在牆上
牆上掛著神龕
逝去的人在高處看著活著的人
主人坐在堂屋中間
訪客圍坐兩邊
不知道在談論什麼
主人手拿筆與本子
訪客頭髮紮起
露出明亮的耳朵
穿白上衣藍牛仔褲
她們眼神專注地看著主人
要從他口裡得到一段歷史
或者陳封的消息
神龕裡擺著鮮紅的水果
老式鐘錶在屋子裡滴達走動
雞鴨跳起來啄食女孩子白淨的臉
她們已經適應這戶人家

柿子

我在瓦屋裡睡覺
瓦屋低矮陳舊潮溼
風在屋頂吹過來吹過去
祖先留給大地的居所
它永不會倒塌
柿子如紅燈籠點綴屋頂
我的長生不老之果
每天睡覺前吃一個
甜蜜沁潤心田
我羞於說出苦難與不幸
我與你通電話
我說星星從夢中升起
柿子簇擁在周圍
我做了柿子的國王
頭頂細碎的瓦片
躺在人世的山谷
享受此生最安靜的時光

姐姐說鶴

我們去看鶴
禾苗鮮嫩
青草與禾苗混為一體
一群鶴棲息在那裡
夜裡它們發出沙啞的鳴叫
姐姐說是幽靈
只有幽靈在夜裡鳴叫
幽靈穿白色的絲綢的衣服
幽靈的脖子修長像一道機關
雙腿枯瘦如柴
久久站立水田
固定的姿勢
靜止的氛圍
姐姐說如果一隻鶴說話
所有的鶴都會跟著說話
鶴白天睡覺
晚上才說話
我所見的白鶴
它們是昏睡的幽靈
舒緩的形體
簡約的尊嚴
姐姐說鶴
已經從身體裡飛走
留下的只是幽靈

山外的世界

在山裡佈置白色的大鍋
面向同一個方向
接收山外世界的資訊
我穩坐山中
側耳傾聽世界的心跳
咚咚咚一會兒雄壯有力
嚓嚓嚓一會兒磨損厲害
電線穿過大霧到達我的居所
我徹夜無眠研究雜七雜八的各路資訊
山外無頭緒只緣山中人
我掌控著很多人的心跳
我害怕稍有不慎就錯過了一個重要的人
他的心跳如雷貫耳
他的心情特別亢奮
我撥動電線告訴他將頭向下偏移
不要總是向上昂著頭
那樣太費電了
並且我收不到他號啕大哭的信號

樹冠大如頭

樹冠大如頭
沒有脖頸只有一截樹根
四周佈滿了茶樹
茶樹低矮，匍匐在地
眾多茶樹簇擁一棵大樹
離開很多年後我又回到這裡
像一隻大鳥我自天而降
眾多小鳥都是我的後代
它們眉清目秀向我撲來
好啦小的們給爺讓開路
我要去看看我的爺
我來到樹下進入樹冠
祖先的世界陰暗涼爽
死亡的記憶保存完好
青苔像綠色的舌頭胡亂生長
鳥糞成堆無人翻動
樹冠的頭蓋骨沙沙作響

屈原

瑟平生一次見到屈原
暴雨如注
他下巴蓄一絡鬍鬚
堅挺的鬍鬚
我曾在青年時代蓄鬚明志
後來半途而廢
瑟平生一次見到屈原
屋外風聲大作
楚國的烏鴉撞進大殿
白衣長袍祭祀的隊伍
頭上綁了兩圈白布條
屈原目光如閃電
我靠近他
感受到了一股灼熱之氣
烏鴉在屋裡走來走去
枯瘦的骨架披著黑衣
哀音安慰哀傷
我安慰屈原：「不要太傷心了
哭夠了的人終會沉沉睡去」
屈原送我到門外
就像病重的父親
與我最後一次告別

茶園一夜

太陽已經落山
茶園沁涼
天賜一方石頭水塘
茶園倒映其中
藍衣茶農身背塑膠噴霧器
停止了一天的勞作
月亮還沒升起
或許隱藏在天邊一角
茶園靜悄悄
茶葉張開了嘴巴
我躺在茶樹之上
四肢舒展，閉目養神
等待露水將我吞沒

明黃色熱氣球

我們坐在吊籃裡悠哉悠哉
在藍色夜幕中緩緩墜向地面
至於具體墜向何處
沒有人關心
哪怕墜到湖裡也是可以的
我們享受在空中旅行的快感
這個熱氣球是明黃色的
地上的人仰頭看到我們
一顆碩大的檸檬
一顆橢圓形檸檬
像做夢，是誰在做夢
像表演雜技，是誰在表演
沒有人關心
任由這個檸檬之夢
這個半空中的雜技
任由它墜向地面
藍色的夜幕把它輕輕接住

馬臉重現

猛一看嚇了一跳
接著看就適應了
絡腮鬍子連著灰黑的長髮
中間亮出一張修長的馬臉
人臉太長與馬臉完全一致
你好親愛的馬
謝謝你把馬臉給了我
只需按照馬臉複製
小眼睛保持原樣
深情的小眼睛
藏著尖銳的觀點
藍色襯衣敞開衣領
露出一絡胸毛
雄性激素旺盛
這一點我遺傳了馬
猛一看嚇了一跳
接著看就適應了
因為我略帶陰鬱
仔細看才會發現那並沒什麼
只是我長久的孤獨
馬的孤獨轉變為陰鬱
我抽雪茄
朝馬臉吐出一團煙霧

隔壁

從喉嚨深處傳出的聲音
經過了艱難的擠壓
我細細傾聽
隔壁躺著一個人
躺著一個鼾睡的人
雖然看不見此人
但他很忙
他耐心地剝離身體裡的鼾聲
好像不知隔牆有耳
他睡得很沉
我仔細尋找
才把他從牆壁裡面找到
沒想到他先發制人
他說你就是隔壁之人
你在隔壁吞下藥丸
我有口難辯
沒有呀我沒有呀
他肯定地告訴我
你吞下的是一顆大藥丸
你發出咕隆一聲
你的喉結滾動
你躲在隔壁所作的白日夢
我全都猜到了

在公園寫作

我坐在公園圖書館寫作
寫作是早晨的細緻活
每個字都要我來打磨
我坐著的橘黃色的椅子經過了打磨
我呼吸的大疫之後的空氣經過了打磨
我寫下每個字就像呼吸每個字
我坐在公園吃下我寫下的每個字

一架小型噴氣式飛機從公園一角飛過
嗡嗡嗡的聲音像蜂鳥從胸腔發出
我轉動脖子，轉動寫作的方向

有人在公園結婚，他們與鮮花盛開的公園結婚
我在公園寫作，我把公園寫得芳香四溢

我寫下一個從遙遠的省份來照看孫子的大爺
他的方言裡有他的權威
孫子延續了人類的基因
方言懂得大爺的孤獨

寫作退居於玻璃房子
在我的電腦裡說著硬梆梆的普通話
我的爺爺死了三十年
他的孫子坐在公園裡寫作

寫作這項普通話運動
在方言裡獲得片刻的停頓

世界上最小的蚊子

我坐在樹林裡看福克納的短篇小說《公道》
看到「頭人及其兒子的屍體也掩埋入土」時
一隻蚊子，一隻世界上最小的蚊子咬了我一口

它咬住我的手指，我感覺到了細微的針刺
像釘子倒打入我肉裡
這只蚊子有一排牙齒
它鋒利的牙齒需要多大的力氣
才能插入我粗糙的皮肉
它小如一粒蚊子，一點蚊子
它沒有翅膀，沒有四肢，沒有腦袋
沒有其它蚊子發出的嗡嗡嗡的叫聲

它攜帶一劑毒素
它飛行，但不扇動翅膀
它省略了翅膀，省略了蚊子的結構

我見過各式各樣的蚊子
它們的牙齒都成功深入我的身體
此刻我想起了最大的蚊子
那是在鄉下，童年的暮色
照亮南方的水牛
蚊子在它肚皮底下盤旋
喝飽了鮮美的牛血

我是一個小孩
我坐在碩大蚊子的背上離開故鄉
一路滴著牛血，春雷滾滾啊
許多個雨夜我睜開眼睛
人生漫長，有趣的夢境引誘我四處走動

今天我讀到福克納在短篇小說《公道》裡的多重敘述
──「我倒希望你能奉勸奉勸我的靈魂。」爸爸說
大蚊子有大蚊子的靈魂
小蚊子有小蚊子的食物

一隻小羊

寂靜的山谷
野花與白雲開滿天空
我是一隻走失的小羊
我站在懸崖邊
四肢枯草一樣顫抖
我吐出鮮紅的舌頭
媽──我的舌頭像被火燙了
媽──我弄髒了白色的皮毛
媽──媽──媽──
我的呼叫像點燃的火苗

幽暗之光

夜深人靜，我走過木棧道，棧道下面藏著金色的動物
它們可能是野雞，也可能是四隻腳的發出尖厲叫聲的

任何一種動物。我處在幽暗之中，我的形象在荔枝樹
包圍中只能算矮小的，但比幽暗要明亮

我在夜晚反射所有幽暗事物的光，但我膽顫心驚
腳步裝了彈簧，我不願意讓夜晚因為我而失聲尖叫

我願意幽暗的事物更加幽暗，它們緊緊抱著自己
金色翅膀或皮毛下的身體慢慢變成黑暗裡消失的

一團神祕之物。我願意我就是那團神祕之物
現在的問題是我能反射幽暗事物的幽暗之光

我走在夜晚的荔枝樹林，看不清世界的臉
樹木、果實與動物，它們藏起了明亮的面孔

蒼老的荔枝樹結出暗紅的荔枝，每隔一年返老還童一次
雨水的果子，包裹多汁的嘴唇，我含著一口雨水的火焰之核

悄悄走過木棧道，我害怕驚醒膽小的動物
如果它們突然彈跳，我就會像一團神祕之物被黑暗擊破

樹的生活

我有十六個月在一座樹林裡的生活
很少有人瞭解我的行蹤，如果我不主動披露

思念就如滾滾潮水向我湧來
下半夜風過樹林呼啦啦響起一片問候

我偶爾在一棵大樹下出現，穿一件寬鬆的衣服
袖子裡藏著墨汁與毛筆，我在樹身寫字

我的字歪歪斜斜，沿著樹身往上亂竄
我攔都攔不住，字哇哇亂叫，像野獸

我在樹林裡的生活落滿了樹葉
它們緊貼我，感受我的氣息，像野獸

樹葉枯萎、腐爛的過程我深有體會
植物肉身的氣味比動物與人類要乾淨

沒有人與我爭辯，樹的肉身比人的肉身
要漂亮，我坐在樹下長進了樹身

我在樹身裡呼吸，我是一個僧侶
或者一隻鳥，我比人的呼吸要緩慢與均勻

今天我走出樹林，重新站在馬路邊
像一棵走出樹林的樹，體驗人類呼朋引伴急促的呼吸

老鼠的笑聲

森林圖書館擠滿了鮮豔的孩子
不知他們來自何處，在這裡閱讀然後消失

我坐在二樓的一間屋子裡寫作
孩子的腳步在我坐椅下面移動

在森林生活的人會聽到老鼠的笑聲
有時是嘰嘰嘰，有時是噠噠噠

我經過反復辨識
確定那是老鼠的笑聲

明亮的光線穿過森林，這是白天
老鼠的笑聲坦蕩尖銳，如自然之舌在斧子邊摩擦

但到了夜裡，老鼠的笑聲顯得更加明亮
它們情緒飽滿，活動頻繁，像一群森林的孩子

抱著一罐鹽，它們高高興興抱著一罐鹽
在圖書館的書縫裡奔跑、忙碌

我能想像它們的面孔羞怯又秀氣
潔白的牙齒整齊又乾淨，真是一群少見的孩子

它們駐守在森林圖書館，一群從不露面的主人
從書縫中傳出有時是嗞嗞嗞、有時是噠噠噠的笑聲

不要害怕老鼠的笑聲，那是詞與詞之間的縫隙
洩露出的風聲，它們是另一個世界健康的孩子

橡樹

一個鬍鬚花白的老人在砍一棵橡樹
我能猜測到他粗布衣下健壯的骨骼與肌肉

他一斧子砍下去，橡樹受到了致命的震動
橡樹皮翻開露出橡樹的肉體，我驚訝於老人的力氣

我更驚訝於一個小孩在他身邊同樣舉起一柄斧子
小孩完全是老人的翻版，只是鬍子還隱藏在未來

小孩滿頭大汗，累得氣喘吁吁，橡樹不在他的控制下
這是一棵成年的橡樹，他需要更多的耐心來對付它

老人輕鬆自如地一斧子一斧子砍著，橡樹成了他的玩物
我說您是在教您的孫子嗎？他的力氣還不足以讓橡樹震動

老人彎腰再次劈下一斧子，橡樹嘩嘩倒向山坡
橡樹滾動時天空隨之翻滾，小孩子停下斧子張大嘴巴

爺爺的骨頭好硬呀，小孩說
我的肌肉好像鬆動了，但很舒服，爺爺說

小孩的那棵橡樹還聳立在山巔
他需要使出更大的力氣才能擊倒它

宋代

長安雅士從喉嚨深處擠出尖細的聲音
一襲白色的長袍穿在一隻
經過閹割的英俊的公雞身上

秀氣的臉形，流水的身材
一個男人盤腿坐在山中彈琴
很多人迷戀女性化的宋代
男人的身體裡都有一個女人

彈琴就彈琴，宋代誰不彈琴
宋代誰不盤腿坐在山中
他等待有人來發現他在山中彈琴

他引誘我爬上山來尋找他
人生就是一場躲藏與尋找的遊戲
我順著琴聲來到宋代的山中
「你終於來了，我等你多時」
「我走了很多彎路，我聽到了很多
亂七八糟的琴聲，我的耳朵都聽壞了」

薛山長與他的妻子躲在深山
他過著梅妻鶴子的生活
愛就像一張古老的畫
薛山長隨身攜帶雨傘、琴、畫與畫中的愛人

他彈琴的時候就將畫掛在身後的樹枝上
他盤腿坐在亂石上彈琴
他復活的是古老的愛
他復活的是一幅古畫
畫中的他坐在樹下給帝王彈琴

我問薛山長：如何理解你的愛
如何理解你纖細的手指與喉嚨
祕密的愛適合宋代，它是光滑的
像一條蛇，潛伏在宋代的袖子裡

薛山長其實是當代人
他幻想他的妻子在宋代
他幻想坐在宋代的山中彈奏宋代的琴弦
宋代的琴弦細若游絲
宋代的帝王潔淨如紙

巨鯨之歌

我常常在夢裡捕獲巨鯨
我捕獲的巨鯨噴出水柱
它們躺在大海的床上
嘴裡哼著大海之歌
廉潔的身體獻給愛人
廉潔的氣息彌漫大海
我常常在夢裡與巨鯨結婚
它們為我生下成群結隊的孩子

海上打虎記

老虎從陸地來到海洋
老虎背著錢袋
叮叮噹噹，跛著後腿
貪婪的老虎看見了我
它的眼神我似曾相識
海浪藍被子一樣飄蕩
海鹽碧空如洗
漁船鼓起風帆
我們去海上打虎
一隻跛足的
眼神似曾相識的老虎

海鹽之歌

身未動心已至
想起一首廉潔之歌
留在我少年的記憶裡
疫情好轉，很多人都去了海鹽
他們高高興興去走親戚
我半夜開窗看晚風吹向大海
晚風帶走我寫下的廉潔之歌
海鹽徹夜未眠，燈火通明的大海
月光白花花一片，照耀廉潔的人們
我的朋友舉起晚風的酒杯
齊聲唱著我寫下的廉潔之歌

曬鹽的人

他們在月光下曬鹽
裸露健壯的後背
古銅色的肌膚，潔白的牙齒
我走近他們
與他們交談
清廉疏朗如海鹽的月亮
月亮高懸於大海
一個擁有大海的人
並不需要貪戀別人的財富
他們在月光下曬鹽
展示自己身體裸露的財富

騎馬離家

騎馬離家
東方既白
雲霞堆積前方
老馬行動遲緩
它得了懷鄉病
行囊掛在馬肚子兩邊
薄霧籠罩遠山
我頭戴禮帽騎在馬背上
媽媽跟著馬
馬呀你要照顧好我兒子
媽媽叮囑老馬
我笑了
山巔鐘聲敲響
回聲如一條大路
老馬加快了腳步
把媽媽拋在身後

男人貼著馬

牽韁繩的男人
和他的馬
陽光塗蜜
古銅色的男人和馬
相依為命
鬃毛覆蓋額頭
睫毛覆蓋眼睛
男人覆蓋馬
溫順的男人
和他的馬
溫順的馬
肌肉飽滿
營養豐富
態度謙卑
經過長途跋涉
終於回到故鄉

凍僵的馬

馬呼出的熱氣
凍住了自己的嘴巴
它的舌頭垂下
像一根繩子
而韁繩晃動
像一根拉長的舌頭
我撫摸馬的嘴巴
可憐的嘴巴不能發出嘶鳴
它的肺在胸腔裡咆哮
它的血咕嚕咕嚕響動
馬背與脖子上的鬃毛
凍得像我小時候的亂髮
我踩著白色的寒霜
穿過貧窮的鄉村小道
走向一所學校
我呼出熱氣快速奔跑
免得被寒霜凍住了嘴巴

寬大的房間

只有一張病床
藍色窗簾垂掛四周
太陽塗抹床單
白髮老人平躺
寬大的房間
乾淨的地面
光線在窗口折疊了一下
再墜落到蒼老的額頭
靜悄悄的空間
被老人微弱的呼吸填滿
其它的病床都被清空
全體護士集中在走廊
等待老人起床檢閱
而她還在睡夢中
享受磨牙的樂趣

明亮的一天

她坐在輪椅上
迎接明亮的一天
是輪椅把她固定在窗前
是生與死把她固定在明亮的一天
就這樣凝視下去還能活得更長久
就這樣沉默下去死亡一定無話可說
沒有理由呀……
白髮蒼蒼向上豎立
可以肯定她年輕時倔強的性格
她年輕時的美貌無法重現
好吧美貌已經放棄
輪椅固定在窗前
她沒有打算向我轉過身來
我在她身後站立
我們共有明亮的一天

亢奮的人

清晨高聲說話的人
喉嚨裡充血
她自己並不知道
她的喉嚨裡朝霞噴湧
這是一個響亮的清晨
她練習舌尖的彈跳
她口含磨刀石
陡峭的方言越磨越粗礪
每個高音都像一滴水破碎
她是一個成功的演說家
語言的打磨
要經過多少代人的努力
才能如此亢奮
像充血的朝霞噴湧
她自己並不知道
日常的嘮叨
讓太陽越升越高
一直升到嗓子眼裡

病床上

病床是一塊白色的天空
你是一隻沉重的大鳥
你在病床上飛翔
醫生給你打針
護士給你餵藥
你昂起頭
但沒有說話
你的眼神如大鳥
緊緊盯著天花板
你從病床上飛起來
雖然91歲了
但你忘記自己老了
你越飛越高
越飛越亢奮
你忘記身在何處
醫生和護士緊緊追隨你
害怕你真的飛走
你閉上眼睛
像大鳥進入忘我的境界
醫生和護士
被你拋棄

記憶的霞光

在進入這間陌生房間的時候
我突然想起晚霞鋪滿故鄉
那是少年時的光景
空氣裡飄蕩青草味
池塘浮起游泳的人
有的仰面朝天
白色肚皮反射夕陽
有的只留一個腦袋
在水面靜止
假裝死去的人
進到三十年後的這個房間
我躺下望著傾斜的屋頂
午夜時分，半夢半醒
突然想起我曾到過這個房間
聞到了熟悉的氣息
是過去的我身上的氣息
經過確認得知這棟樓曾經是
湖北美術學院青年教師宿舍
我恍然大悟
二十年前的一個雨夜
我來此找過朋友
這間屋子正是他的畫室
我手握雨傘站在這裡
記憶的霞光
照亮了這間陌生房間

房間裡的我滴著雨水
好像從水中抬起了
那顆假裝死去的頭

綿羊和綿羊

有幸福的綿羊
就有苦難的綿羊
有可愛的綿羊
就有醜陋的綿羊
白雪覆蓋的院子
枯樹下栓著一隻綿羊
短小的尾巴
耷拉的耳朵
它在雜草與白雪中間
它在遺忘與囚禁中間
飢餓和寒冷已不重要
膽怯和期待也是多餘
破敗的院落
藤蔓依然掛枝頭
但顯得更加荒涼
白雪加深了寂靜
村莊冰凍三尺
冬眠的人躲在屋子裡
剩下一隻綿羊
給世界保留體溫

陰涼之地

他們穿同樣的條紋衣服
一群灰藍色斑馬
像經過了某種訓練
彙集在同一個地點
只有同一種疾病
才會把素不相識的人聚集在一起
他們是同一種人
有的臉色紅潤，有的蒼白如紙
有的咳嗽像尖銳的鐵劃過絲綢
有的使勁憋著像水下的孩子
他們相互打量像在確認你是誰
他們在呼吸與危重症病區走動
他們有的羞澀，有的無所畏懼
對待生死的態度都是謹慎的
炎症卡住了脖子
瘟疫流行之時
藍色簾子低垂
在病中傾訴或沉默
在炎症中找到激情之源
他們聚集在一起
彷彿找到了一塊陰涼之地

水煮石

水中石
沉睡的嬰兒
睡夢裡在媽媽腹中
沸騰的嬰兒
靜靜等待分娩的那一天
等待水的大火熄滅的那一天
等待哇的一聲大哭
烏黑烏黑
一個水中的嬰兒
喝足了水的油汁

美洲大陸

我到了美洲大陸
我到了後它就不與世隔絕了
它也不是哥倫布
堅定地認為他來到的印度
彩色婦女在尖叫
彩色辣椒在尖叫
奔跑的孩子清涼
像我與世隔絕的小時候

玉米

鮮嫩的玉米莖葉
像少女的呼吸
我路過玉米地
心裡怦怦跳動
我有瘋狂生長的欲望
我渴望結出玉米
我渴望雨水的澆灌
在夜裡我夢見你
根鬚茂盛
一根根數也數不清
你嬌羞如露
捲進我的肌膚

紅尾歌鴝

做人如做鳥
棕紅色後尾
下體近白
看得出你經過了精心打扮
鳥是喜歡梳妝打扮的動物
久久凝視海水的鏡子
你看見我走進紅樹林
一個羞澀的人
內心必有一隻紅尾歌鴝
我輕輕呼喊──
紅尾鳥紅尾鳥
在海水的鏡子裡
胸部深褐色羽毛
密集的魚鱗斑
鳥臉如人臉
鳥眼裡
我晃動著一張
大海幽藍的臉

萬古如長夜

一盞長明燈

在天底下忽閃跳躍

隨時都要熄滅

風一吹它就明亮

彷彿聖人的心臟

在死亡中活得更長久

風一吹他就醒了

從黑暗裡爬出來

隨時要跌倒

醜陋的面孔

集合了所有的面孔

我讚美你的齙牙

等於讚美所有的牙齒

天不生仲尼，萬古如長夜

我端著一盞長明燈

在天底下走

雨的孩子

雨遠道而來
雨打著雨傘
雨帶著孩子
好看的孩子
閃亮的孩子
他們下到地面
踩著雨的腳步
其中有一個孩子
頭上豎起一根辮子
她是雨最小的孩子
她帶領雨慢慢走遠

鳥巢

人人都想要一個鳥巢
人人都沒有一個鳥巢
樹上的生活安靜、富足
樹枝彌散生命的芳香
綠葉微微搖晃光線
母鳥閉緊眼睛進入禪定狀態
她體態豐滿久久蹲在鳥巢裡
公鳥站立枝頭展示潔白的羽毛
最迷人的是它的眼圈
像畫上的一圈黑影
此生無緣享受鳥的生活
但我與它們的恩愛有關
我模仿過它們的動作
把頭埋在愛人懷抱
度過漫漫長夜

松果開大會

村民將松果一顆顆撿起來
這需要持久的耐心
有的是從樹上自動滾落下來的
大部分是村民從樹上摘下來的
他們像松鼠爬上松樹
當著松鼠的面偷走了它們的松果
把它們鋪滿大地
就像曝曬自家金黃的孩子
果肉裂開像綻放的花朵
成千上萬顆松果集合在一起
場面如松果開大會
密集的乾枯的語言
只有松鼠聽得懂
松果在談論什麼

鴨子上房

溫順的鴨子肥碩如姨媽

姨媽提著一籃鴨蛋來了

她胖胖的身材穿花衣

走路左右搖擺

笑時嘴裡像含著一口水

嘎嘎嘎……嘎嘎嘎……

夜幕降臨，霧氣升起

沒有星星與月亮

鴨子擁擠在房頂

腳踩黑色的瓦片

灰白身體隱藏在夜色裡

但我能辨認出它們豐滿的胸脯

與扁扁的嘴巴

媽媽和姨媽躺在竹床上

她們一邊回憶過去一邊討論未來

我不知鴨子是如何走上屋頂的

它們短小的翅膀怎能托起笨重的身體

月亮升起照亮鴨子幽暗的面部

它們與屋頂融為一體

靜觀流星劃過夜空

姨媽爬上屋頂

抱下一隻隻昏昏入睡的鴨子

咕咕

第 **3** 輯

窮人的女兒

在高高的藍天下歌唱
藍天越來越近
窮人的女兒，越來越溫柔
身後的羊群潔白
正如伴隨她多年的愛情
移向溫暖的草原深處
平和的心情緩緩展開
三月的風吹動了花草
讓我看清了她的美貌
善良的意圖，淡淡的憂鬱
從單薄的衣裙上閃過
這是多麼平凡的日子
窮人的女兒在歌唱
我無限熱愛的只是窮人
我不斷感恩的也只是生活本身

冬天不戀愛

冬天不戀愛
我要上山去打鳥

鳥坐在樹上睡了
我坐在懸崖上難以入眠
這樣的時刻一生中不會很多
我朝天連放兩槍
像鳥一樣大笑

鳥一隻隻從我的肩上走過
我不忍心傷害她們
她們也許知道我付出多大的代價
才在空寂的山中
既不戀愛
又純粹地盤腿而坐
讓雪落滿一身

洞庭湖一帶的女子

洞庭湖一帶的女子
喝著喝著水
就叫了一聲哥哥

多美的水
多美的水鳥
服飾潔淨
心比天高
在故鄉自由飛翔

洞庭湖一帶的女子
把水與水鳥
都叫做哥哥

水電站

回鄉的路上，水電站不斷抽我體內的流水。
我昏昏沉沉，
車過長沙，我猛地驚醒
好像我被電擊了。

通電的感覺，
是惡夢中的一擊，
水電站就出現在眼前。

小時候的事情又被重新記起，
那一年，我與水電站站長
站在風中的大壩上，
眺望遠處的落水者爬上岸。

20年後我回鄉，
落水者還在大壩的一端哇哇嘔吐，
他體內的水電站
早就廢棄，
而那個眺望遠處的水電站站長
也已死去多年。

咕咕

我聽見故鄉在我腦袋裡發出咕咕的叫聲。
水塘在咕咕叫，
枯樹在咕咕叫，
菜地在咕咕叫。
不叫的是蹲在地裡的青蛙，
它雙眼圓睜，好像得了幻想症。
不叫的還有躺在門板上的小孩，
他在玩一種死亡的遊戲，
只等我一走近，
他就一躍而起把我撲倒。

蟒蛇

它的氣味一日三變。
此刻它挺立起三角頭,
散發麵包發甜的氣味,
再過片刻,它要麼更加瘋狂,
要麼昏昏入睡。

我聽見它打呼嚕。
嘴裡流甜蜜的汁液,
像嬰兒叫媽媽。
這就是蟒蛇,我喜歡的兇猛的動物。

它聽我的叫喚。
我叫它更兇猛,
我叫它吐出鮮豔的舌頭。

我撫摸它尖硬的頭,
天寒地凍,不要擺動。
它縮回到桌子底下,
腹部緊緊纏著我的大腿。

我心生憐愛。
我喜歡看它滋滋吐出蛇信子,
沖我猛撲而無從下口的著急的樣子。

果然它咬住了我。
這是我所期待的。
我期待它的毒液流遍我全身，
我期待我的骨骼更鬆軟，
我善良的心更堅硬。

我一邊翻閱佛洛伊德，
一邊撫摸蟒蛇，
此刻它美好的毒液正慷慨地流遍我全身。

祕密的生活

竹山裡的人家在過祕密的生活，不知他們在我整個童年時代
過著怎樣的生活，傾斜的木屋，在我地並不多見

過高的門檻不多見，一個胖胖的女孩也不多見
一家人住在堂屋裡，我去外婆家時經過他們門前
他們在地坪上打鬧，一齊跑過來看我，一家人又默不做聲

記得他們的木屋發過一次大火
夏天的傍晚，我們在下寺塘洗澡戲鬧
突然聽到驚呼──發火了，一股濃煙升上西天
大人小孩狂呼亂叫，人們衝向同一個方向

火勢在那個年代呼呼作響，大有吞沒竹山的架勢

那戶人家的堂客癱坐在地坪哭，懷裡抱著一床藍花被子
但事過不久，我在大隊部看見她與一個男青年開下流的玩笑
家裡好像沒發大火一樣快樂

林中鳥

父親在山林裡沉睡，我摸黑起床
聽見林中鳥在鳥巢裡細細訴說：「天就要亮了，
那個兒子要來找他父親。」
我踩著落葉，像一個人世的小偷
我躲過傷心的母親，天正麻麻亮
鳥巢裡的父母與孩子擠在一起，它們在開早會
它們討論的是我與我父親：「那個人沒了父親
誰給他覓食？誰給他翅膀？」
我聽見它們在活動翅膀，晨曦照亮了尖嘴與粉嫩的腳趾
「來了來了，那個人來了──
他的臉上沒有淚，他一夜沒睡像條可憐的黑狗。」
我繼續前行，它們跟蹤我，在頭上飛過來飛過去
它們唧唧喳喳議論我──「他跪下了，跪下了，
臉上一行淚閃閃發亮……」

林中鳥

周瑟瑟

父親在山林里沉睡，我摸黑起床
听見林中鳥在鳥巢里細心诉说："天就要亮了，
那个儿子要来找他父親。"
我踩着落叶，像一个人世的小偷
我躲过伤心的母親，天正麻麻亮
鳥巢里的父母与孩子挤在一起，它们在开早会
它们讨论的是我与我父親："那个儿没了父親
誰给他觅食。誰给他翅膀。"
我听見它们在活动翅膀，晨曦又照亮了尖嘴与粉嫩的脚趾
"来了来了，那个人来了——
他的脸上没有泪，他一夜没睡像条可怜的黑狗。"
它们叽叽喳喳紧紧跟踪我——"他跪下了，跪下了，
脸上一行泪闪闪发亮……"

2014年

周瑟瑟〈林中鳥〉手稿

一共五個人

他們一共五個人
不會是六個人
他們從一邊迅速靠攏
動作整齊，訓練有素
而又顯得悄無聲息
拎著鉗子、扳手之類工具
在他們手裡
那些工具像是陌生的孩子
閃著油光
他們圍在一起
我聽不清他們的交談
他們大約二十七八歲
穿著藍色工裝
褲子肥大，臉也肥大
就那樣站著
我記起一部舊電影
正是五個人
甕聲甕氣的台詞
在風中飄蕩
我走進他們中間
他們一共五個人
加上我
一個穿西裝的人
一共六個人
像一個整體

人群中總有一個好看的

人群中總有一個好看的
她因為長著一張鹿臉
一眼就認出了她
人群中還有另一個好看的
他的風衣領豎著
他的身形輪廓
與人群區別開來
在人群中
總會冒出
與時代格格不入的人
大部分人神態自若
而他們略顯緊張
生動的面孔
保留了動物的特徵
警覺、羞愧、自尊
這樣的人
如星星之火忽閃忽閃
又像特務一樣出現在人群中
長筒彩色條紋襪
與白色球鞋搭配
她轉頭，哦她轉過頭
在人群中尋找
另一個好看的人

貓的一生

我與爺爺去很遠的地方
丟下一隻貓
我記不得它有多可憐
一路上它在布袋裡叫
飢餓，或者布袋裡的黑暗
讓貓的叫聲越來越細小
現在想來它肯定絕望了
我至今沒有
被人拎在布袋裡的體驗
我只記得那時的興奮
像是去遠方走親戚
經過多次的丟棄
它總是能奇跡般地回到家裡
去年我在爺爺的墓地
又看到它從樹叢裡跑過
我認得它三十年前的眼神
玻璃一樣透明
好像從沒有被丟棄

媽媽

每次我都使勁地想
使勁地想回家的路
想把媽媽抱在懷裡
媽媽老了
一個人坐在夜裡
一天天等我回家
大年初一上栗山
父親在墳墓裡還好嗎
媽媽被父親
丟棄在塵世
每次我都使勁的想
做夢都想媽媽給我梳頭
我有一頭烏黑的長髮
想媽媽的時候
我是一個女孩
一個被丟棄的女孩

老撾大雨

太陽照進臥室
因為安靜而出現短暫的耳鳴
一個老婦人的形象
出現在我的回憶裡
大雨滂沱
幽暗的森林，大象走動
木頭從我的腳邊滾過
發出嘭嘭嘭的擠壓聲
我們一起進入路邊小店避雨
老婦人有一雙明亮的眼睛
我詢問象奴悲慘的命運
雨水中，幾道閃電劈向
森林邊緣一條無名河
我帶回的耳鳴在那一刻附體

鮭魚

我要去上游
等待你的到來
我還沒有見過
活著的你
性成熟的你
你光滑的肌膚
你俊美的身材
都是我的摯愛
你的洄游
為我而來
我要撫摸你
彩色的脊背
如果我能吻到
你張開的嘴唇
你就來我身體裡產卵
但我會放你回歸大海
那裡才是你肥育的地方
我只是在上游
等待你的到來
等待你來我身體裡產卵

浴缸

當你憂愁時
爬進浴缸
水淹沒到鼻孔
當你歡愉時
從浴缸
游向大海
你的男人或女人
死於浴缸
死的幸福
激起腹部的泡沫
你的自由
藍色自由
在浴缸裡
無限放大

鹿園春秋

園子變化不大
鹿角在裡面晃動
我看不見鹿群
它們換了新面孔
老面孔隱藏其中
像我的父親
靜悄悄站在遠處
我看不見父親
但父親能看見我
我攙扶著媽媽
走向夢中的鹿園
我們一家人
在落滿松針的樹下匯合
鹿向我們奔跑過來
我半跪下
撫摸它的脖子
鹿伸出舌頭舔我的下巴
熱呼呼的鹿臉
貼上了我的右臉頰
它枯瘦的四肢顫抖
腳下的草正在轉綠
到處是溫良的眼睛
鹿的性情在空氣裡擴散
我攙扶著媽媽
走出了鹿園

米

一點白米
是媽媽留給
人世的孩子
家裡沒有人的夜晚
米在黑暗裡發光
飢餓的米
沒有嘴餵他們
我回來了
住三個晚上
夜裡我起床
看米
飢餓的米
一個個
又小又可憐
擁抱在一起
張著嘴巴
嗷嗷待哺

畜道

鷓鴣走路的姿勢
像我的父親
沿著田埂
又穩又快
一下就到了土堆
轉眼飛上松樹枝
人死後
不要再轉世為人
更不要成仙
成為一隻鳥
或者其它動物
像鷓鴣這樣鳴叫
那是父親在呼喊
我的母親
母親走路慢一些
不要緊
暮色降臨
你們的世界靜悄悄
我站在不遠處
看著你們
一條畜道
在月光下閃閃發亮

丹霞山

我從丹霞山下跑過
紅色的山體
裸露在我面前
但我並沒有
被它灼傷
它灼傷過
愛它的人
我遠遠跑過
像一隻狐狸
被丹霞山照得
通紅的狐狸
動作敏捷
快點跑過丹霞山
西邊的太陽
追隨愛它的人
太陽落山
我已經逃過
一座又一座丹霞山

周敦頤

在贛州
北宋的人
一個個浮現
他們眉清目秀
服飾潔淨
帽子戴得端正
鬍鬚一根根
清晰如流水
我認定他們
每天梳理鬍鬚
坐在銅鏡前講話
誠為五常之本
百行之源
周敦頤在贛州
寫下〈愛蓮說〉
我洗臉梳頭
按照理學
生活三天

大河

一條大河
滾滾東流
這樣的場景
我見過很多
某年某日早晨
我在湘江邊跑步
發現一具屍體
在江水裡浮動
最近我在贛州
看到河上乾魚
迎風招展
我沒有過
水中的生活
站在岸邊
看一會兒就離開
好像害怕大河
將我帶走

天池

六月
長白山天池
進入開冰期
我聽見
冰塊撞擊
冰塊的咔擦聲
天池的子宮
正暗暗擴張
偉大的陰道
擠出了
一半冰塊
一半藍色湖水
東北虎晃動
性感的腰身
它也要融化了
梅花鹿
從闊葉林中跑過
長白山的動物們
互相摩擦與撕咬
沒有人關心
火山何時爆發
天池水怪
你躲在哪裡

地球

這一夜
我半睡半醒
沿著地球爬行
從北京到紐約
我的鬍茬長出來了
從白天到白天
中間省略了黑夜
當陽光刺進機艙
一個中國嬰兒
大聲啼哭
這麼小的孩子
他的耳膜太薄
地球上細微的響聲
他都聽得清晰
我已經是個聾子
地球帶著大河高山
呼呼飛轉
今夜它們是我的
身外之物

從天上

我從天上
看到一戶人家
住在燕山山脈深處
房子清晰可見
門口一條黃色小路
綢緞似的飄動
那條路
應該是與外界
保持聯繫的通道
他們住在大山裡
做什麼
白雲圍繞
群山環抱
如果我不是在高空
是不會發現
他們與世隔絕的生活
飛機從他們屋頂飛過
我似乎看見了
一個小女孩
她坐在窗前
仰起臉蛋
也看見了我

花豬

車過寧鄉
花豬扭動屁股
從山坡上奔下來
咬住我的褲褪
花豬對我情有獨鍾
中午在長沙
吃過花豬肉
美味還在我口腔
我欠寧鄉一首詩
這首詩烏黑
躲進灌木叢中
眼睛細小
臉上長滿毛
粉紅的鼻子
拱起泥土
我騎在它的花背上
向益陽跑去

颶風

颶風從古巴
向美國佛羅里達州行進
一個人往門窗上釘木板
昔日平靜的海灣
浪花飛濺
旗子左右擺動
沒有人爬上旗杆
他們站在海岸邊
等待颶風遠離古巴
這一周
我午後總是頭疼
只因為颶風
以緩慢的速度移動
我往門窗上
每天釘一塊木板

諸葛亮

他的名字
四處流傳
我們常常
把他掛在嘴邊
諸葛亮諸葛亮
你吃早飯了嗎
你洗臉了嗎
我們站在他的雕像面前
這個人
他就是諸葛亮
他的身體固定在這裡
他的靈魂出了遠門
其實他早已積勞成疾
病卒於北伐前線
時年五十四歲
此事天下人皆知
而我裝著還沒有
聽到這個消息
我只知道
他手裡的鵝毛扇
是黃月英送給他的

楚辭

回到故鄉這三天
見到了好多楚辭專家
他們有的在樹上休息
有的在潮溼的空氣裡
飛來飛去
其中一個楚辭專家
他在湘江邊吃草
突然抬頭對我說
長太息以掩涕兮
我的姐姐
電話裡問我
你回家吃午飯兮
我答：正從縣城
沿湘江往鎮上走兮
如此這般
我混入楚辭專家行列
準備向樹上的
洋沙湖上的
辣椒地裡的
湘江堤岸上的
還有等待
弟弟回家的
這些楚辭專家
——拜師學習

石黑一雄

石黑一雄
你那邊下雨了嗎
今天北京降溫
陰雨連綿
你漫步雨中
或者躺在椅子上
曬太陽
你正在經歷
人生大事
我注視著你
你看起來很平靜
像我老家的彭見明
你們的臉和眼睛
都異常平靜
閱讀是別人的事
寫作才是自己的
石黑一雄
長日將盡
人生無可慰藉
諾貝爾死了多年
他幽靈重現
冬天就要來了
奈保爾
拉什迪
還有你

三人聚在一起討論
英文與日語

約旦河西岸

約旦河西岸
有一座城市希布倫
人們生活在山區
兩隻駱駝
彎腰曲腿
還有一隻山羊
同時塞在一輛
私家轎車的後備箱裡
駱駝張嘴露出牙齒和舌頭
山羊哀叫
一個巴基斯坦小男孩
他的笑臉
從動物後面伸出來
有朝一日
我想坐上
這輛擁擠的私家轎車
向約旦河西岸
希布倫開去

西渡流沙

我今天去了
巴丹吉林沙漠
見到一個人
很像是老子
我開始並沒想到會是他
白鬚飄飄
乾乾淨淨的一個老頭
我問他貴姓
老頭說免貴姓李
好像還擔任過
周國國家圖書館館長
我並沒多想
回來的路上
我猛然醒悟
他就是老子
騎青牛入流沙
不知所終嗎
他來到的正是
河西走廊以北的
巴丹吉林沙漠
他西去函谷關
今晚應該在
甘肅臨洮羽化飛升

肩胛骨

不要讓人偷走了
羊的肩胛骨
那上面寫了
一家人的資訊
不要自己動手
拿肩胛骨吃
主人會把其中
最好的那一塊給你
我摸到了
我的肩胛骨
比羊的小多了
包在皮肉裡
支撐起
我要寫下的文字

死海

去死海自殺的人
躺在藍色海面上
閉緊嘴巴和眼睛
享受死亡帶來的快感
死海是友好的
你命不該死
投入死海也是多餘
從死海回來
你是一個
臉上塗抹礦物泥的人
美容是死亡的另一種裝飾
你在死海裡
遇到的一切都是美好的
你抱著大顆
白色鹽粒回來了
你從死海
回來後跟我談起死海
你說死海
是快樂的海
死神戴著藍色的面具
在你臉上
留下了深深的吻

你去了木星

你去了木星
昨天下午七點
你從廣州去了木星
你的聲音消失了
你的肉身還在
通往木星的路上
我相信外星人
在我看不見的地方
行星科學家
艾倫・斯特恩說
銀河系裡
存在生命
但他們大部分
都生活在
黑暗的冰下海洋裡
與宇宙隔絕
你沒有與宇宙告別
你去了木星
斯特恩請你告訴
我死去的朋友
讓他用廣播
或者城市燈光
與我聯繫
我會捕捉他
低頻的無線電波

莫干山

我認識半山腰的喬木
我接近
毒蛇的生活
它們張開嘴巴
展示倒牙
問我認不認得
這些閃亮的牙齒
我仔細察看
蛇的嘴裡
有一座莫干山
有人在鑄劍
有人要尋仇
割下一顆頭顱
交給之光老人
此情此景
深深打動了我
莫干山
我在此造一屋
喬木、寶劍與毒蛇
我命中注定
要擁有你們

天外飛仙

你來了
你終於出現
我等你多時
我從睡夢中驚醒
跑到窗前迎接你
茫茫宇宙
奇異的面孔
拖著燦爛的雲霞
我看清了
你的孤獨
你有人類的器官
黑洞的眼睛和嘴巴
你從天琴座方向而來
一頭紮入了太陽系
你從地球下方
朝著飛馬座方向飛去
我親愛的朋友
今晚你來看我
我一切還好
我不相信世界末日
我相信愛情越來越具體
我生活在
地球上的某個房間
偶爾飛上天
如果你不來看我

我還以為你把我忘記
你飛行的速度太快了
下半夜
你降臨到了我窗外
看我仰面朝天
進入了夢鄉
像一個天外飛仙

房客

我的房客
她是一個
跳舞的年輕女人
我沒有見過她
我聽到過她的聲音
粗聲如雷
如一根棍子
直來直去
她教人跳舞
估計也是這樣
我想像有一種舞蹈
在我的房子裡
被她創造
三年時間
我不準備見她
她創造的舞蹈
房租到期後
將與我無關

送廚子

晚清，肉香飄飄
運河上下
南船北馬
捨舟登陸
我到淮安
品嘗獅子頭
和豆苗山雞
中年男人
都是寡淡之人
在淮安一日
突然醒悟
我的理想
是做一個廚子
我拜周守仁為師
學習屠龍神技
人間至味
從嘉慶年間
又回來了
有人要送一個廚子
給好吃的我

佤邦

遠看佤邦
白雲如棉花
浮在墨綠的山巔
黃色屋頂
赭色屋頂
山坡下的房子
花花綠綠
正如佤邦的生活
有滋有味
他們曾屬於大理國
我坐滇緬鐵路
去看鮑有祥
他們在一間屋子裡開會
晚上電視台播出了
他的講話
佤邦的夜晚
電視機嗯嗯嗯開著
雲南的風吹來
我趴在佤邦的竹床上
很快就入睡了

寫字

毛筆如掃帚
父親寫字如掃地
「人世是什麼？」我問父親
他在地坪掃地，灰塵揚起
雞鴨走來走去，落葉前後翻飛
父親傍晚掃完
第二天早晨又有新的落葉
「地坪就是人世
每天踩到的雞屎
你是掃不完的」
父親教我寫字要放鬆
你可以隨時隨地
追著灰塵與落葉寫
紅紙要裁整齊
墨汁可以發臭
但你的手要握緊毛筆
背挺直，他拍了我一下
你試著在雞冠上寫字
你試著用枯枝寫字
在人世寫字如同掃地
一筆一劃
如同掃也掃不完的雞屎

在梅蘭芳大劇院聽〈山鬼〉

我聽到了父親生前的吟唱
小時候參加父親主持的追悼會
汽燈高掛屋簷
四方鄉鄰圍在地坪
死者躺在棺材裡
年輕的父親站在方桌邊
他以屈原《楚辭》的腔調致悼詞
汽燈滋滋燃燒
像在燒乾死者皮膚上的油
父親越唸越快越唸越快
他在追趕死者最後一絲氣息
沒有鑼鼓喧天，黑夜寂靜
只有父親急驟的吟唱
我害怕死者從棺材裡爬出來
白色燈光在玻璃罩裡炸裂
鄉村的夜潮溼多雨
屈原在趕路
山鬼在哭泣
父親喉嚨裡的雨水汩汩滾燙
他額頭上的汗水發亮
燈光放大了拿悼詞的手
飛蟲在人群中瞎撞
年老的鄉鄰低低抽泣
今天我坐在北京梅蘭芳大劇院
台上汨羅市花鼓戲劇團劉光明先生

白袍飛舞，腳步輕移
唱腔裡壓著一盞故鄉的汽燈
古人以哀音為美
據說神靈喜好悲切的哀音
我在北京遇到故鄉的屈原
他找山鬼而不見
我在他的唱腔裡
找到了死去三年的父親

野豬

臨近新年的一天
野豬在河邊出沒
它是一頭愚蠢又可憐的野豬
它已經沒有出路
大狗小狗前後歡騰追趕
村民舉鋤圍困
它鑽進了雜草叢
豬屁股被擊中
河水嘩嘩，石塊光滑
河流本是它逃跑的出路
此處人丁興盛
環境甚好，野豬健壯
毛色烏黑，吻部突出
它的獠牙咬住了一個村民的手腕
眾人一頓猛打，場面混亂
它鬆口後再次咬住了
一條異常興奮的狗
眾人又是一頓狂轟亂砸
在臨近新年的一天
野豬被打死在河邊
死前嗷嗷大叫
走出山林的野豬
死得沒有一點尊嚴

家用電器

我生活在屋子裡
用電熱壺燒水
用漂亮的鍋煮飯
但沒有木柴
也不用火柴
我隨手碰到家用電器
它們佔據了我的空間
我有一把木凳子
是小孩坐的那種
又小又矮的凳子
它就在我的床榻邊
我有時坐在矮凳子上
硬木與屁股久久相觸
像在家中私自發電

吐火羅語

過了年後
我會說吐火羅語了
我自己也不明白
為什麼會有此奇跡
我的舌頭
好像發生了變異
早晨起床後
我在書房
獨自練一會兒吐火羅語
此事正在改變我
我想今年該著手
排演《彌勒會見記》
如果季羨林在世
鮑威爾在世
死語言學家林梅村在世
我就邀請他們
來我的書房
一起排演
一起說吐火羅語

彩色的鳥

彩色的鳥橫著跳動
綠樹枝長滿了青苔
喇嘛多嘉在此閉關修行
感受天上的彩虹
土地就像自己的身體
樹木就是自己的毛髮
雪山還是雪山
湖水倒映彩色的鳥
它不修行
只是鳴叫不停

水鬼

不要去水塘裡洗澡
不要去摸水鬼
光滑的肌膚
他在水中
抱住了落水者
他的勁太大了
你越掙扎他越亢奮
水鬼把你緊緊抱住
你無法逃脫
水鬼的愛
它荷葉下的孤獨
它長久的等待
不能白白等待
它黝黑的臉
已經慘白

人馬

每個人小時候
都有一雙馬的眼睛
睫毛巨長
蓋住了整隻眼睛
我靜靜地站在那裡
看大人們
有說有笑走過我身邊
我不為所動
我像一匹馬
似乎沒有看你
但我心裡把你
記住了
長大之後
我認得出
我看過的東西

屋簷與山巔

屋簷與山巔之間

永遠隔著一條河

河已經遠去

年輕時飄洋過海

白髮蒼蒼時突然回來

愧對死去的父母

愧對族人

愧對屋簷上的瓦片

愧對山巔的白霧

閣樓裡永遠有一個新娘

窗戶一直緊閉

你爬上山巔

看見自己

跪在山下的祠堂裡

河水為你倒流

永遠有一座亭子為你建造

你死在了異鄉

但你在故鄉依然出現

飯店

竹篾圓盤
掛在屋簷下
那是農家
晾曬食物用的器物
上書：飯店
一個中年男人
坐在竹椅上
他身邊一排竹椅
磨得發亮
屋頂的瓦片烏黑
那是這個村子最整齊的東西
不見廚房和飯桌
只有一塊圓匾招牌
一個男人與他寂靜的下午
我微微驚訝
但馬上適應
我適應了飯店之外的青山
那是我最想吃掉的
蹲在溪水裡的鴨子
它們一直蹲著
青山上的白雲我必吃無疑
那個男人他只需坐在這裡
我經過他的飯店
牆上掛了一面鏡子
鏡子下有一個洗手池

我照了照鏡子
鏡子裡的人油光閃亮
卻是一個清淡的食客

荷衣

我一個人睡在栗山
夜鳥在窩裡轉動身體
我知道它們
找到了舒服的姿勢
我輾轉反側
在腦子裡默念《離騷》
「製芰荷以為衣兮
集芙蓉以為裳」
我漸漸入睡
夢見了媽媽
是她年輕時候的樣子
她水淋淋的
從栗山塘上走過來
給我採來荷葉與蓮蓬
把荷葉蓋在我身上
她看著我睡著了
才關好我家大門
消失在沁涼的夜空

被蓮花淹死的母親

從衡水去秦皇島的路上
聽人說起這兩天
有一位八十多歲的母親
她獨自坐車去衡水湖採蓮花
在湖邊她脫下襪子
慢慢走進湖裡
她太喜歡蓮花了
她沉浸在蓮花的香氣中
秋天的湖水溫和舒服
蓮花高舉，白雲低垂
我到過衡水湖
可能還見過那位母親
那位被蓮花淹死的母親

麻石

丁字鎮的麻石
500年長一寸
秋雨打溼麻石
我走在雨霧中
天下的硬骨頭都溼透了
白鷺順著湘江飛向我的故鄉
幼小的白鷺留在丁字鎮
幼小的白鷺還在慢慢發育
就像麻石在生長

青魚

青魚在夕陽下冒出腦袋
青色的光滑的腦袋
像一個孩子
我被帶到南洞庭湖汊口
觀看青魚出沒
水草纏繞，夕陽如金子
青魚露出肚皮
生活在水裡的
拒絕長大的青年
舉著碩大的腦袋
我故鄉的村子裡
如今還生活著
比我還要年長的
青魚一樣幼小的人

弗里達家門外

一根金屬扶手插進她的腹部
直接穿透她的陰部
她失去了童貞
一生不能生育
劇烈的衝撞撕開了她的衣服
車上有人帶著一包金粉……
金粉撒滿了她血淋淋的身體
我和拉丁美洲、中國東北的觀眾
在弗里達家門外排起長隊
整個墨西哥城
弗里達家門外排隊的遊客最多
我們都來觀看她血淋淋的身體

白雲監獄

在墨西哥
隨處可見古老的教堂
我們的車停在紅燈下
遠遠看見前方高聳的尖頂
──那裡是教堂嗎
──那裡不是教堂
那裡是奇瓦瓦市的監獄
犯人們住在尖尖塔頂下
白雲環繞，陽光曝曬
附近教堂的鐘聲敲響
他們吃著牛肉和辣椒
在高原監獄裡一天天祈禱

玉米

墨西哥奇瓦瓦郊外的玉米
嘩啦啦擺動
我靠近金黃的葉子
聞到了泥土和陽光
混搭的北美味道
一個農場主站在風中
向我招手
這裡是美國人的後花園
他們沒事就來這裡走走
吃肥肉一樣的大玉米
白色的玉米粒咬在嘴裡
發出清脆的嘎嘣聲
玉米的骨頭
墨西哥的肥肉

白鵬

李白喜歡的鳥
唐朝的鳥
深山密林裡的鳥
向我飛來
它拖著長長的尾巴
像一個幽靈
臉頰鮮紅的幽靈
嘴唇嫩黃
雙腿帶著血色
眼睛鼓起
我的白鵬
我夢中的李白的幽靈
向我飛來
降落在洞庭湖邊
一個回家的人的床邊

鷓鴣的腹肌

我回到岳陽
腹肌隱隱作痛
人到中年我對故鄉
開始水土不服了
早中晚
我都聽到鷓鴣咕咕鳴叫
它們隱藏在阿波羅御庭酒店
窗外的某棵樹上
或許遠在洞庭湖的一座島上
這個季節
它們的鳴叫更加低沉隱忍
像我對待詩壇的某些人
我若即若離如一隻鷓鴣
我腹肌上的絨毛
溫暖柔軟
我真是一隻鷓鴣
我知道我肉體的
每一絲細微的感覺
在故鄉的好天氣裡
我深深吸了一口氣
然後長長吐了出來
——咕咕——咕咕

西南官話

你給我說方言貴州話
還是西南官話
我都側耳傾聽
我不會放過大山裡
任何一絲響聲
語言：這天生的岩洞
需要我去填滿
語言：官方和民間
大為不同
官方的不太好懂
民間的親切自然
語言：纏著迷霧的山峰
好像負傷的人
急需我爬上去
解開那一層層包裹的
白霧的緄帶

做夢

在自然界
只有哺乳動物和鳥類
才會做夢
枕著母親的肚子做夢
幼年的幸福
要到中年才能記起
我做過的夢
當時很快就忘了
但經過很多年
突然一一浮現
彷彿發生在昨夜
其實已經過去了半生
我找到了做夢的樂趣
像哺乳動物和鳥類
做著無人覺察的夢

塔壇

我愛法華寺塔壇裡的醃菜
我愛法華寺湖邊剛剛種下的辣椒
我愛「八指頭陀」花白的鬍鬚
他吃醃菜時鬍鬚要向兩邊扒開
因為塔壇太大了
我要吃十年才能吃完一罈醃菜
或許一輩子也吃不完
我愛農禪並重的生活
早晨我背著鋤頭到湖邊種菜
晚上我在清風明月下誦經
智者大師與灌頂大師
指著陽雀湖叫我快看
我端著一碗酸菜
一邊吃白米飯
一邊看七莖石蓮花開

少孤為客早

少孤為客早
一個容易感傷的人
他看到雨打白桃花
不覺失聲大哭
「野蔬充腸，微接氣息」
在佛舍利塔前燃二指
剜臂肉燃燈供佛
民國初年末法時代
內務部禮俗司司長杜關
打了他一耳光
他蒙受奇恥大辱
胸膈隱隱作痛
當晚即示寂於法源寺
在我的故鄉
他是「八指頭陀」
是「洞庭波送一僧來」
他教我以很少的食物活著
只有清苦的生活
才讓人心安
只有回到故鄉
白桃花開滿枝頭
你才知道如何感傷

靈蛇踏青

天氣轉暖
青草長出來了
枯枝上的嫩芽迎風顫抖
一條蛇醒了
從洞裡探出身子
世界多麼清爽啊
它轉動腦袋
看到了滿眼的綠色
它爬過鬆軟的泥土
吸飽了雨水的泥土
潮溼如世界的產道
先是緩慢向前蠕動
然後歡快地扭動起來
它聽到了孩子們的笑聲
青草生長的呼呼聲
人們走動的腳步聲
在蛇的耳朵裡
我在喊它
喊它快點靠近
望月的犀牛
好奇的我

記得去掃墓

你要去掃墓
你不去掃墓
死者會以為你死了

北極光

夢到北極是危險的
因為北極我從沒到過那裡
沒有到過的地方
居然夢見了
我彷彿返回了童年
北極折射綠色的光
把我驚呆了
我記得在童年時
隨便就能夢見沒有到過的地方
但夢見北極
要等到很多年後的昨天晚上
我在綠色的光裡醒來
像睡在薄紗紋帳裡
媽媽抱著姐姐
還沒有生下我

蘇州一間房子裡

竹椅如家禽
家禽傲首闊步
但走不出庭院
一個人在門口張望
他家的親戚今日來訪
罐子裡的豆醬又香又滑
愛在早晨開始彌漫
陰鬱在昏暗的倉庫
已經白髮蒼蒼
我走進客廳
一屁股坐在竹椅上
家禽紛飛
豆醬開罈
老爺爺異常亢奮
他重新愛上了老奶奶

夏天

蛇的涼爽適宜青年人
我從北方的太陽裡醒來
回憶南方的夏天
我小坐片刻
一個人發呆
一個人吞下一口口水
南方的田野人頭攢動
我追逐一條小蛇
它的速度太快了
就在我眼前
但我永遠跟不上它的步伐

矮人

他們來自山西同一個村子
在一個煤礦挖煤
他有一米八幾的個頭
他的同伴看見他迎面走來
卻是一個一米不到的矮人
他的同伴攔住他
──你今天不要下井
但又不敢說出理由
他下井了
在井裡摔死了
雙腿插入身體
只有一米不到

老虎背著陰沉木

第4輯

黃河入海口

我們的船吃水越來越深
渾濁的河流
捉住了遊客的翅膀
沙秋彤今年十五歲
她想起她爸爸坐在對面
八十歲時白髮蒼蒼
小姑娘突然掩面哭泣
我的引導如一條河流
帶領一隻幼小的丹頂鶴
向大海靠近
她爸爸是油田消防隊員
她媽媽扭頭看著船窗外
黃河水飛濺到她沉默的臉上
一家人與我同船出遊
經歷了一次莫名的感傷
我在黃河入海口
殘忍地把她的頭摁到水裡
她在淚水裡第一次看見了
清澈見底的大海
我與一船操著不同口音的遊客
都坐在她人生的船上
我拿出閃亮的針管
給丹頂鶴打預防針
仁慈的爸爸和媽媽
為了不讓候鳥從黃河飛走

他們偷偷把鳥的翅膀剪了
黃河堤壩就在眼前
沙秋彤你快看
大海藍色的羽毛

黃河邊的孔雀

黃河入海口
一隻大鐵籠子裡
關著孔雀一家人
它們正在迎接
夜幕低垂時的恐懼
我看不清它們清秀的面孔
它們焦急地走動
像有什麼事情即將發生
但又說不出口
暮色裡的孔雀
像嬰孩彈跳著
發出無端的尖叫
我害怕它們因為害怕
掙脫鐵籠子
從後面撲過來傷害我
黃河流入了大海
孔雀一家人
它們乾枯的喉嚨
渴望黃河的滋潤

不要吃蛇

不要吃蛇
蛇知善惡
蛇扭動
神通往人的路
不要吃鵝
鵝是漂亮的女人
它愛打扮
不要吃小鵪鶉
它那麼小
叫我瘦舅舅

東海

晚飯後
我去東海看看
如果鯨魚擱淺
我得幫它回到海裡
大海裡的動物
它們奮不顧身
年幼的與年老的
它們躍出水面
星光下歡樂的場面
並不是為了生育
僅僅是因為歡樂
或許因為我的到來
加深了它們的飢餓
我去東海看看
去看飢餓
越游越遠

爺爺

爺爺去哪裡

孫子就去哪裡

世界因此變得溫情

一個無可取代的孫子

瘦高的大鼻子孫子

他們坐火車

向南方開去

南方有很多爺爺

孫子要去把爺爺

埋在陌生的故鄉

我無法確定的聲音

黎明時分
我在南嶽的床上醒來
確信這具肉身屬於我
確信南嶽昨晚壓在我身上
但無法確定一種綿長的聲音
它來自南嶽的樹林、寺廟和夜空
在我的耳朵裡發出轟隆隆的撞擊聲
我無法確定在我酣睡的時候
地球與月球是怎樣
在南嶽旋轉、飛升與相互吸引
可以確信發生了很多驚心動魄的事情
因為貪睡我錯過了目睹這一切
坐在黎明的床上
曙光給我送來乳白色的液體
一隻鳥，隨後三五隻鳥告訴我
確定的消息：南嶽徹夜不眠
它在磨一塊磚頭

漆黑的夜空

漆黑的夜空不全是漆黑一片
漆黑的夜空中
佈滿了微弱的星星
星星不全是混亂的
像我的腦袋
如果不仔細觀察
它看上去必定混亂無序
複雜的結構
隱藏了清晰的邏輯
我的腦袋
聳立在南嶽衡山
漆黑籠罩
星星艱難
群山的困獸
趴在我懷裡

程咬金

程咬金在月夜哇哇大叫
他的心臟痛得亂抖
我去敲他家的門
無人應答
程咬金緊緊咬著牙關
他住在聊城的這些年
無人關心
我拎著月餅和豬肉
使勁敲他家的門

夜宿快活林

夜裡蔣門神來敲門
我拒絕了這個人
森林裡有很多條路
哪一條通往官府
哪一條才能走出去
我就是武松
我的牙齒嘎嘎作響
我的刀藏在胸口
不要敲我的門
該死的蔣門神

氧氣

樹木直插雲霄
氧氣有樹的形狀
氧氣有樹的沉默
我在樹林裡徘徊
尋找更多的氧氣
想起母親臨終前
戴著氧氣面罩的樣子
她渴望氧氣
她的呼吸微弱
在窒息中
堅持最後的生命
一棵樹養活一個人
一個氧氣面罩後
有一個掙扎的母親

鸕鷀

穿黑衣的鸕鷀把頭插入翅膀
它們的主人
一個穿藍衣的男人
仰臥在木船上
森林幽深，河道縱橫
鸕鷀似睡非睡
它們守著自己的主人
那個人太累了他閉緊眼睛
雲霧在他身上移動
我悄悄靠近
鸕鷀醒來張開翅膀
其中一隻性情暴躁的鸕鷀
用翅膀扇了我一記沉悶的耳光

貓頭鷹

小時候的記憶不要動
我讓貓頭鷹永遠固定在枯枝間
人間漫長，鄉村漆黑
一個忍者一個憤怒的長者
穩坐高處把我看透
我從樹下經過
我順著貓頭鷹
尖刀似的目光走下去
從我家走到水上森林
一隻隻肥碩的貓頭鷹
把我摁在水中央

羊皮

我們為什麼要殺死羊羔
它們追著我們
把我們當成了媽媽
我們為什麼要殺死母羊
只因為它們一身潔白的羊毛
我們為什麼要殺死公羊
只因為它們愛著豐滿的母羊

墓地

長條形
生命最後的集裝箱
石頭砌的永不腐爛的身體
父母就此安息
又大又漂亮的家
我們不在的時候
他們自己出來偷偷打掃乾淨

地坡

童年的腳步細小
在漆黑的夜裡搬著板凳走很遠
去地坡看電影
我看見了星星像敵人的眼睛
戰鬥在晃蕩的白布上打響
我緊張得要命
人生的虛汗就是那時流下的
如果再次回到地坡
我還想坐在人群中
像一個小孩體會緊張的快感
我感覺大地緩緩傾斜
當年日本兵只是路過地坡
媽媽從枕頭下摸出鞋子
跟著外婆在漆夜的夜裡奔跑
一個驚慌的小女孩與她未來的孩子相撞

朱鸝

深藏不露的少婦
她躲避好奇的男人
如果你愛她
就格外小心地愛她
如果你只是好奇
就遠遠地站著

東北暴雪

屋子裡的女人
使勁推
也推不開門
屋外的男人
眉毛結了白霜
他從雪地裡拔出雙腿
在漫天飛雪中接著走
他回頭望見屋頂
他的女人
從煙囪裡爬了出來
東北
在暴雪裡抬高三尺

琴聲

順著樓頂的滴水而下的琴聲
與順著下水管道而下的琴聲
是同樣的琴聲
有一種清潔的琴聲
必有一種弄髒的琴聲
有一種鳥鳴般的琴聲
必有一種咕嚕咕嚕擠壓的琴聲
它們選擇不同的道路
同時鑽進了我的耳朵

我愛你

兩顆白牙暴露
難得一見的牙床
展現一條牛的微笑
肥厚的嘴唇
像某個熟悉的長輩
但又想不起是誰
敞開的鼻孔
豎起的耳朵
眼神溫柔如水
牛安靜地享受
一雙手
撫摸它的脖子
如果牛開口說話
一定會說我愛你

穿紅色雨披的人

穿紅色雨披的人
穿黑色雨靴
綠色的雨
在頭頂移動
綠色的樹冠
像擴大的雨傘
籠罩在他頭上
而他尚未知曉
一件美妙的衣服
改變了雨的命運

白馬躺下

見慣了四肢如開關噠噠噠奔跑的白馬
當我見到一匹躺下的白馬時特別驚訝
它四肢伸開像多餘的無所適從的器官
馬臉貼著大地像躺在母親懷裡的孩子
一隻耳朵豎起，它在睡夢中保持警覺
眼睛閉著它太累了
寬大的鼻孔張開
我是一個少女
穿紅袍的少女
我把頭伸到
白馬微微的鼻息下

倒退著回故鄉

一年之後
我坐上火車回故鄉
上了車就睡
醒來後
發現火車倒退著奔跑
像一匹瘋狂的野馬
兩側嫩綠的山巒跟著倒退
低矮的墳墓倒退
方形水田倒退
湖泊倒退
行人倒退
倒退著回故鄉
一定會見到我的父母
他們倒退著死而復生
田野裡的白鷺靜止
它們看呆了
一匹瘋狂倒退的野馬

君山島

我在君山島上尋找我的家
每一棵古樹都是我的家
樹上烏黑的鳥巢我睡過
每一口古井都通向西方國家
但我不常去
我坐在井邊
問候世界盡頭的朋友
他們在那邊想像我們這邊的生活
他們聽到了君山島上鷓鴣的鳴叫

孤獨的老虎走不出平原

當年這裡沒有人煙
老虎從荊州遠涉而來
老虎發現了
富饒的西洞庭湖平原
我們悄悄來了
荷花還沒開放
桃子掛滿枝頭
空氣裡彌漫老虎的氣息
老虎的祖先渡過虎渡河
孤獨的老虎走不出平原
它們緊緊跟隨我們
而我們也很快
迷失在洞庭湖

平原上的亭子

洞庭湖平原沒有盡頭
我走一天還找不到你的家
每一戶人家都是相同的家
每一條路都通向同一個亭子
天空下只有一個洞庭湖
天空擠滿白色的魚鱗雲
天空下只有一個孤零零的亭子
四根柱子聳立平原
形式主義的屋頂
棍子的線條
搭建簡單的美學
我走進虛無的亭子
從而改變了亭子的結構

老虎背著陰沉木

在洞庭湖挖出老虎
淤泥裡的老虎
彷彿只是睡了一覺
從洞庭湖挖出陰沉木
森林已經消失
時間滾滾向前
老虎背著陰沉木
從鬱悶中走上岸

安鄉

我躺在木盆裡睡著了
四周的荷花緩緩打開
老虎在鄉村客棧外走動
我像個遺棄的嬰兒
在洞庭湖越漂越遠

大雨

大雨淹死了河流
大雨戴著斗笠
大雨穿著雨靴
大雨陰沉著臉
大雨在雨中走
走著走著
大雨撲倒
河流倒立
露出大雨
蒼白的腹部

青魚游向大街

我跟隨青魚
它們越游越快
脊背如刀片劃開大街
又迅速合攏
濁浪翻滾
情形險惡
我騎在青魚背上
像騎著一艘威武的艦艇
在大街疾馳

深夜輕喚

一個女人
深夜輕喚她的狗
等於輕喚她的孩子
或者輕喚她的丈夫
等於一輛摩托車
深夜噴出尾氣
氣流摩擦地面
狗、孩子和丈夫
在寂靜的夜裡
被或輕或重的愛
嚇了一跳

這事想來十分美妙

天空再次擠滿飛機的轟鳴
雲層蓬鬆，女人舉起吹風機
遠方的金屬的機頭乘風破浪
我住在天空下面已經很久了
屁股下坐著一把矮小的木板凳
我在宇宙一角找到了舒服的坐姿
這事想來十分美妙
當飛機從我的頭頂劃過
彷彿女人捲起蓬鬆的頭髮

向杜甫致敬

第5輯

向杜甫致敬：幕府生活

清秋幕府井梧寒，獨宿江城蠟炬殘。

──杜甫〈宿府〉

幕府多事，杜甫躬身於唐朝，天剛剛亮
中原就發生變亂，你勸誡我要忍住悲傷
你不願意被幕僚們指點。一個詩人在肺病與瘧疾中
顯得多麼驕傲，在書案上打瞌睡，刀槍生鏽
強盜都是朋友。你53歲穿著難看的軍衣，我39歲每天跑步
偶有朗誦，都是與時代無關的詩句
想起你滿頭白髮我的心都碎了，憂鬱如快馬在成都崩潰
西川節度使署裡的幕僚大都是胖子，只有你一生清瘦
那時你還能吃飽。但風痺讓你在半夜大叫，放我出去吧
詩書裡躺著乾死的壁魚，院子裡野鼠亂竄
失意的詩人如今回來，舊犬低徊入衣裙，鄰里沽酒攜葫蘆
民間啊荒涼，杜甫心中狂喜，老淚打溼了妻子的臉龐

向杜甫致敬：草堂生活

高秋總餽貧人實，來歲還舒滿眼花。

——杜甫〈題桃花〉

草堂旁的五棵桃樹像五個唐朝的侍女
粉紅的臉蛋杜甫是憐愛的。這個主人是流亡的專家
從皇帝與戰馬中穿過去，國破山河在，浣花溪畔打開書卷
棕下鑿井，竹旁開渠，五棵桃樹爭相開花結果
燕子在風中跳舞，鷗鳥在水上漂浮
它們的嘴臉與逃難的人民有幾分相像
都是紅鼻子，雙腳在水裡掙扎。
兵荒馬亂，恩愛是自然的
鷗鳥與燕子，一個呆在水面，另一個凝固在半空
娘子在草堂的竹椅上小睡。誰在放槍？誰在酒罈裡喊救命？
草堂難道是詩歌的糧倉？詩歌與生活，無論在哪一個朝代
都是一個在水面發呆，另一個在半空凝固

向杜甫致敬：流亡生活

白頭搔更短，渾欲不勝簪。

——杜甫〈春望〉

6月12日下半夜，玄宗帶著貪污宰相與貴妃走出延秋門
向西蜀方向跑了。長安人民餓著肚子在睡覺
杜甫夾雜在兵馬中小跑，那一年他還跑得動
過兩年他就病了。李氏江山在他的詩裡長出蓬蒿
祖國在馬背上顛簸，詩人含了鳥的嘴裡
女兒餓得啼哭，男孩抱住杜甫的後腿，要求寫家書
死亡勝過詩篇，逃跑總在帝王之後
那是一個折磨人的朝代，連白髮都長不起來
杜甫在黃昏推開友人孫宰的家門，看到一盆冒著熱氣的洗腳水
燈燭與酒菜迎接狼狽不堪的逃亡者
胡人在人群中活捉了杜甫
45歲就滿頭白髮，但史書上還是讚揚了他
數嘗寇亂，挺節無所汙。倒楣的王維被虜到了洛陽
長安啊長安，人民哭啞了喉嚨，詩人耗盡了激情

向杜甫致敬：長安十年

朱門酒肉臭，路有凍死骨。

——杜甫〈赴奉先詠懷〉

安祿山與杜甫在長安客棧的洗手間裡相遇
一個肥胖的強盜與一個憤怒的詩人，擠在了同一個朝代
這樣戲劇性的安排是我樂意看到的。而我
提著一壺烈酒，從潭州赴長安趕考，我是個書呆子
杜甫研究了十年官場，他為皇上苦心獻賦呈詩
在率府裡看守兵甲器仗。水旱成災，杜甫的手指凍斷了兩根
衣帶散了，44歲才混上一個正八品下
豎耳傾聽玄宗在驪山上唱歌，他就想到了人民
悲傷的人民，未滿周歲的幼兒剛剛餓死
杜甫跑到驪山下痛哭。他一想到自己可以不納租稅
不服兵役，又如何與我辯論呢？
你扮演你的角色，我只數長安凍死的骨頭
奉先哭聲一片，你的哭聲裡夾雜凍死的骨頭
酒肉臭了，盛世唐朝的憂愁漫過終南山
十年啊，前九年杜甫飲酒獻詩，最後一年逃離了長安

向杜甫致敬：收復長安

　　喜覺都城動，悲憐子女號；
　　家家賣釵釧，只待獻香醪。

──杜甫〈喜聞官軍已臨賊境二十韻〉

長安亂作一團，詩人在逃難，胡人襲擊鳳翔
戰馬擠作一團，失散多年的兄弟，見面後不敢相認
半夜杜甫在荒村接到喜報，你又有官做了
十五萬唐軍臉上抹著鍋灰，腰上繫著草繩
四千回紇兵杜甫均不認識，兵器滴血
杜甫懷抱銅鏡，坐在馬廄裡寫家書
肅宗還京，御史中丞崔器在元殿前審問王維
要殺了他，杜甫呆立一邊，布衣披在肩上
萬戶傷心生野煙，第二天王維赦免無罪
與杜甫抱頭痛哭，兄弟呀唐室喜歡吹捧
我們還是在朝謁詩與奉和詩裡活命吧
禁掖裡值夜，王維、岑參、杜甫開小差
明朝有封事，數問夜如何
蜻蜓向苦悶的詩人點頭，穿花蛺蝶是獻媚的高手
見到皇上就跪下來，見到白骨就撿起來
但多年以後詩中才露出白骨，避人焚諫草
曲江頭典衣買酒，杜甫在春風蕩漾的暮春暈了頭
長安是杜甫的長安，帝王的供奉官左拾遺杜甫
敲打長安的馬腿，發出瘋子一樣悲喜交集的吟誦

草枯了

草枯了，秋天像個出家的人，在郊外走
落葉在腳下燃燒，我想起了外省焦慮的兄弟
是否看見我清瘦的面容像一叢枯草？

草枯了，身上的布衣散發泥土味
粗茶淡飯，世事紛爭與我無關
那些急急忙忙在天上亂飛的鳥，與世事無關
那些可憐的果子在樹枝上晃動，與世事無關

草枯了，我漸漸感到涼意像刀子在夜裡割我的喉結
想說的話嚥了又嚥，不說
運草的拖拉機突突突在王府大街多麼傲慢
我越來越謙和，看到強盜還以為他是可憐的人
看到回家的倦鳥，還以為是浪蕩的遊子

草枯了，心中似有隱情無從傾吐
運草的拖拉機仿如我的靈魂，在突突突地叫喊
而我的肉身在午睡

草枯了，草的淚水也枯了
我的淚像小溪一樣飽滿、清澈
因為我不曾懷恨，青草枯了
大地變涼，我有衰老的心願

懷念

懷念我前世生活過的地方
風清雲淡，跟隨我的家禽溫順善良
叫聲從前世傳來，像父親中年的咳嗽

我為何要從前世出走，一走就是大半生
姓氏都改了。說不定我前世是隻鳥
樹上的生活，天上的生活
如今我都記不得了。我只記得我傷感的身子
枯瘦如柴，明月追著我
一直追到天亮

我在河邊洗臉，河水收留了我疲憊的身子
雲朵像溫順的家禽，圍攏在我前後
聽到中年父親的咳嗽，我就緊張、流淚

我懷念飲花食露的前世，身子輕巧，滿目雲霞
在哪裡露宿就在哪裡夢見來生

屈原哭了

很多年我都是攜妻帶子從汨羅下火車，天色微暗
很多年我都是從黎明的汨羅江上過，江水泛著泡沫

每次我都看見屈原坐在汨羅江邊哭
我不敢低頭，我一低頭酸楚的淚就會掉下來
那幾年我活得多苦啊，現在境況稍有好轉

但內心還是不能忍受屈原坐在汨羅江邊哭
我一下火車，他就跟著我，要我告訴他《離騷》之外的事
我吱吱唔唔只是嘆息，「我想念故鄉的親人
我想念在江邊哭泣的你……」

除此，我不能抱怨人生多險惡
家國多災難，我只能默默從汨羅江上走過
像所有離家的遊子，我紅著臉在故鄉的大地眺望

我看見死而復生的屈原
我看見飢餓的父親代替屈原在故鄉哭
他終於見到了漂泊的骨肉，兒啊一聲哭

一聲屈原的哭，一聲父親的哭
把我泛著白色泡沫的心臟猛地抓住
我在汨羅迎面碰到的那個長鬚老頭，他是飢餓的屈原
我衰老的父親，淚水把臉都流淌白了

遇見白頭翁

白頭翁，親切的中年人
你與我一樣身披秋寒，頭頂午夜的露水
腳踩枯枝，在平西府緩緩移動
樣子看起來心疼，那一襲羽毛溼了
叫聲像孤兒叫哥哥，我聽到後驚慌中就答應了

白頭翁是昨天午夜在平西府與我相遇
我起床散步，你一跛一跛與我擦肩而過
我聽到你叫哥哥，「哥哥呀你怎麼流落到了京城？
家裡的事你漠不關心，爹娘死了，兄弟失散多年……」

是呀我也是孤身一人，呼喚白頭翁
京城漸有寒氣，白天晴朗，夜裡露水打溼白頭翁
入冬後，我與失散的白頭翁一起坐在枯樹上
一聲聲叫我們的親人，一聲聲哭我們的爹娘

拔蘿蔔

小孩子與娘在地裡拔蘿蔔
他赤著雙腳，臉上沾了新鮮的泥

白蘿蔔嫩得讓小孩子流口水
天上的飛鳥喳喳叫，太陽緩緩滑落
小孩子拔蘿蔔，懷著心事

拔了這季蘿蔔，小孩子能長快點就好了
能幫娘養家就好了，親娘嘆息
撫摸小孩子流血的腳板，不要蹦跳

你看被外鄉人賣走的小馬一步步離開故鄉
小孩子說：「娘，小馬低頭流淚，餵它吃個蘿蔔」

朋友之死

他活著時沒有享福，死了同樣不得安寧
這是平常人的命運，我也不例外
只是你先走了幾步
我步子太慢，並非不情願

不情願的事多著呢，死是不能推卻的
就像你一樣，你生前做過許多好事
還得過獎狀、紅花，中過彩票
但生活的經濟學本來就是一本糊塗帳

我決心把婚姻的牢底坐穿
死者總是祝願生者活得更長
就是到了陰間也要保持一顆與人為善的心

我當然要祝你直接升到天堂
在地獄停留一兩天還是有必要的
罪惡的靈魂是否躺到了油鍋上？
姦情敗露的人全是小鬼？
偷了保險櫃的人與窮苦的人能走到一起嗎？
你要看清楚，我急於知道真相
我急於知道我該如何度過餘生

如果不是殯葬工把你匆忙推進火爐
我想你一定會坐起來與我道別

你是個熱情的人，最終一身火焰
你是個膽小的人，這次大膽如煙
從煙囪裡跑了

我還傻站在那裡
我親愛的朋友
我的悲傷是你死的喜悅
我理解所有的死者
但對你就不一樣了

我不會愚蠢到去奉承你的美德
清醒的人洗心革面
懦弱的人活著也是多餘

蝙蝠

古老的敘述，漆黑的岩洞裡祕密的盤旋
這就是蝙蝠，出色的盜鹽者
把半夜的夢囈帶到廚房，它冷靜地推敲鹽罐
像渴望老家的遊子
蝙蝠倒懸在白晝之外，習慣了夜色的鄉村

一張嬰兒的紅臉，一雙蒼老的黑翅
在驚恐中顯得那樣細小，像它尖銳的一叫

蝙蝠本身是黑夜的一部分
它的飛動使黑夜更黑
看不到它痛苦的嘴臉，分不清它滑落的方向
愚笨的兒童捉到一隻幼小的蝙蝠
他一夜的夢遊充滿了吵鬧

不要追問蝙蝠的不潔之夢
一對蝙蝠形成了一團黑霧，散發腐敗的氣息

更多的蝙蝠向黑夜的頭顱擁擠
它們的叫聲像一罐鹽一樣變得明亮
孩子們捲曲的身體在一陣涼氣中彈起
潮溼的翅膀緊貼著夜空飛過

蝙蝠是貧窮的，寬大的黑袍包著瘦骨
它引誘了好奇的孩子，在院子裡瞎撞

用黑影、尖叫和短爪翻遍了農舍
下半夜飛回岩洞，短暫的撕打
靜靜地彙聚，黑壓壓一片
它們以獨特的風格懸掛、重疊
像一洞神祕的經典
一架拆散的烏黑的死亡機器

蝙蝠帶著人的面具探訪了墓穴
它不是鬼魂，它不是乞丐
它覺醒又沉睡，一群純粹的白晝逃亡者

鵪鶉

我是你的小舅舅，躲在灌木叢中。
那是故鄉的夏夜，星星比現在多。

短小的尾巴，下體灰白色。
你搖搖晃晃摸黑走來，叫我鵪鶉鵪鶉──

「天黑了，你還不回家……」
風吹起山坡上的草垛，吹起一層層棕黃色羽毛。

我一邊哭一邊抱起你，
親你冰涼的嘴。我騎自行車從樟樹鎮回來，
天黑下來，樟樹的香氣緊隨我十八年，
你坐在自行車後打盹，彷彿就在昨天。

時光早早停滯在短小的灌木叢中，
四十年來還蹲在潮溼的地上。點點光斑，
從你迷離的雙眼邊緣向四周擴散，
外婆、外公沿著你的氣味追到後山，
這兩位奮不顧身的老人，他們到底要幹什麼？

鵪鶉想了想，覺得一切都在情理之中。
收緊的棕黃色翅膀漸漸放下，追捕還在繼續，
執迷不悟必須持續到青春發育期。
誰也沒有權利獲得原諒，誰也不能倖免──
與家禽們一同度過故鄉的漫漫長夜。

毛絨絨的頭從清晨抬起來，孔子一樣迷失
在那個年代。打倒了墓碑，打倒了孔聖人。
快速成長在故鄉的洪水氾濫中。你因為懶惰
而躲過了被一場故鄉狂歡的遊戲淹死。

故鄉的墓碑下集合的亡靈變成了一陣陣涼風
到了夜晚都變成了鵪鶉。
一隻隻緊緊擁抱，叫聲裡有相互的叮嚀——
親愛的，你死後會回到樟樹鎮麼？

你要照顧外公外婆，他們穿著雨衣站在孔子的
牌位下，淚水淋溼了供果。
「無田甫田，維莠驕驕。」
我會回來的，我會回來跪在鵪鶉身後，
叫聲中含淚：我的小舅舅呀你一生飄泊，
而愛像鵪鶉，到了中年才獲得了墓碑的陰涼。

祖先們穿上了綢緞壽衣，趕著一群群鵪鶉，
行走在樟樹鎮的河邊，一邊走一邊念——
「無思遠人，勞心忉忉……」

語言文學類　PC0750　秀詩人114

屈原哭了
——周瑟瑟詩集

作　　　者/周瑟瑟
責任編輯/鄭伊庭、石書豪、廖啟佑
圖文排版/陳彥妏
封面設計/王嵩賀

發　行　人/宋政坤
法律顧問/毛國樑　律師
出版發行/秀威資訊科技股份有限公司
　　　　　114台北市內湖區瑞光路76巷65號1樓
　　　　　電話:+886-2-2796-3638　傳真:+886-2-2796-1377
　　　　　http://www.showwe.com.tw
劃撥帳號/19563868　戶名:秀威資訊科技股份有限公司
　　　　　讀者服務信箱:service@showwe.com.tw
展售門市/國家書店(松江門市)
　　　　　104台北市中山區松江路209號1樓
　　　　　電話:+886-2-2518-0207　傳真:+886-2-2518-0778
網路訂購/秀威網路書店:https://store.showwe.tw
　　　　　國家網路書店:https://www.govbooks.com.tw

2023年7月　BOD一版
定價:350元
版權所有　翻印必究
本書如有缺頁、破損或裝訂錯誤,請寄回更換

讀者回函卡

國家圖書館出版品預行編目

屈原哭了：周瑟瑟詩集/周瑟瑟著. -- 一版. --
臺北市:秀威資訊科技股份有限公司, 2023.07
　　面；　公分. -- (語言文學類)
　　BOD版
　　ISBN 978-626-7346-09-9(平裝)

851.487   112011040